나를 리뷰하는 법

지금 잘 살고 있나 싶을 때

나를 리뷰하는 법

김혜원 지음

유음

'월간 인생 리뷰 프로젝트' 같이 하실 분?

세상에 나만큼 나한테 관심이 많은 사람은 없다

누구도 나만큼 나를 샅샅이 알고 싶어 하진 않는다. 그래서 우리의 욕구들, 관심받고 분석당하고(!) 싶은 욕구는 대체로 충족되지 못한 채 목말라 있다.

　MBTI가 이토록 흥하는 이유도 여기에 있다. 화제의 연애 리얼리티 프로그램 1화에서 인상적인 장면이 하나 있었는데, 처음으로 한자리에 모인 출연진들이 몇 시간 동안 MBTI 이야기만 줄곧 하는 대목이었다. 이제 사람들은 취미나 이상형을 묻지 않는다. 단 하나의 질문이 상호 탐색을 대신한다. "MBTI가 뭐예요?" "아! 'E(외향형)' 유형이시구나. 어떤 스타일인지 알겠다."

　MBTI가 유행하면서 타인에게 나를 설명하기가 쉬워진

건 사실이다. MBTI는 나도 몰랐던 나의 특징에 대해 정돈된
언어로 표현해준다. 대인관계는 어떤지, 어떤 상황에서 스트레
스를 받는 타입인지, 선호하는 연애 방식은 무엇인지까지 일종
의 매뉴얼처럼 알려준다. 실제로 MBTI를 통해 '나'를 이해하
게 됐다는 이들이 꽤 많다.

　MBTI를 신봉하던 내 친구들은 요즘 사주에까지 관심을
갖기 시작했다. "난 그냥 상담 받는 셈치고 사주 선생님이랑
이야기하잖아. 나 말고 누가 내 얘기를 그렇게 신나게 해주겠
어. MBTI가 현재의 나를 분석해주는 서비스라면 사주는 과
거, 현재, 미래까지 함께 고민해주는 풀 패키지 서비스야."

　이 시답잖은 농담 속에는 '나를 궁금해하는 마음'이 숨어
있다. 돈을 내고 성격 검사를 하거나 퍼스널 컬러 검사를 하
는 심리도 아마 이와 비슷할 것이다. 우리는 다양한 장르(음악,
영화, 아이돌)를 디깅(digging) 하지만, 어쩌면 가장 '디깅' 하고 싶
은 대상은 결국 나일지도 모른다. 바야흐로 '셀프 디깅'의 시
대인 것이다.

매달 나의 상태를 점검하고 리뷰해주는 서비스가 있다면?

언제부턴가 리뷰 없이는 아무것도 하지 못하는 사람이 됐다.
김밥 한 줄을 사먹을 때도 리뷰를 찾아본다. 신기하게도 내가

궁금한 거의 모든 것에 대한 리뷰가 이미 존재한다. 세상에 물티슈 리뷰를 쓰는 사람이 있어? 있다.

그저 별점을 매기고 평가하는 형태의 단순한 리뷰가 아니라, 좋아하는 대상에 대해 공들여 쓴 리뷰는 그것을 깊이 있게 이해하는 데 큰 도움이 되기도 한다. 재미있게 본 콘텐츠가 생기면 꼭 리뷰를 따로 찾아보는 편이다. '재밌다' 정도의 감상을 주던 영화가 어떤 리뷰를 통해 '인생 영화'로 등극하기도 한다. 경험 그 자체만큼이나 인생에서 중요한 역할을 하는 것이 바로 회고와 의미 부여인 셈이다.

딱 하나, 리뷰를 구할 수 없는 항목이 하나 있는데 바로 '나'다. 내가 만든 결과물에 대한 피드백을 받거나, 특정 역할(연인, 딸, 친구 등)에 대한 평가를 받는 일은 있어도 누군가 시간을 들여 나를, 내 인생을 심층적으로 리뷰해주는 경우는 없다.

매달 나의 상태를 점검하고 리뷰해주는 서비스가 있다면 어떨까? 뭘 보고, 사고, 먹고, 입는지, 생활 습관은 건강한지, 누구와 만나서 무엇을 느꼈는지, 분석해주는 서비스가 있다면 MBTI와는 비교도 안 될 정도로 재미있을 텐데. 무엇보다 나를 이해하는 데 큰 도움이 될 텐데. 안타깝게도 그런 서비스가 세상에 나오기는 어려울 것 같다. 생긴다고 하더라도 그다지 만족스럽지 않을 것 같다. 아무래도 타인이 나만큼 세심하게 내 인생을 리뷰해줄 수는 없을 테니까.

이번 달은 잘 지냈나요? 리뷰를 남겨보세요!

우리 팀에는 웃픈 문화가 있다. 아이디어를 낸 사람이 책임지는 문화. "이런 거 있으면 유용하지 않을까요?" "헐. 대박 진짜 좋은데요? 그럼 ○○님이 한 번 해보시는 걸로?" 이런 식이다. 올해로 10년째 같은 회사에 다니며 '아이디어 책임제'에 익숙해진 나는 이번에도 한 번 일을 벌여보기로 한다.

　이름하여 '월간 인생 리뷰 프로젝트'. 나는 내가 여전히 궁금하고, 그런데 나에 대해 심층 분석해 리뷰를 써줄 사람(서비스)은 없으니 내가 직접 해보자는 것. 거창하게 이야기했지만 방법은 간단하다. 한 달에 한 번 시간을 내서 사부작사부작 일상을 리뷰하는 시간을 가지면 된다.

　귀여운 작업은 셀프로 알림 메시지를 띄우는 데서 시작한다. "이번 달은 잘 지냈나요? 리뷰를 남겨보세요."(배달 앱에 뜨는 리뷰 요청 푸시 알림을 상상합니다.) 이 질문에 곧장 답할 수 있는 사람은 별로 없을 것이다. 이달 초에 무슨 일이 있었는지 우리는 기억하지 못한다. 나는 매일 일기를 쓰고, 장소를 이동할 때마다 사진을 찍고, 메모하는 습관이 몸에 밴 기록생활자인데도 내가 무엇을 기록했는지조차 기억하지 못한다. 월간 리뷰를 하며 지난 기록들을 다시 보면 그제야 또렷해진다. 아 맞다. 이런 일이 있었지.

기록이 재료 쇼핑이라면 리뷰는 요리다. 재료는 이미 충분히 쌓여 있다. 1000장 넘게 찍어놓고 한 번도 다시 열어 보지 않은 여행 사진 폴더, 나중에 시간 있을 때 읽겠다고 카카오톡 나에게 보내기에 '복붙' 해둔 수많은 영감 링크들. 이 모든 것이 재료다. 이제 남은 건 의미를 만드는 일이다. 이달의 기념품으로 챙기고 싶은 순간을 선별하고, 그 경험을 어떻게 요리하고 소화시킬 것인지 정한다. 장아찌로 만들어 오래 보관하든, 갈아 마셔 없애버리든. 내 마음이다. 내 인생이니까.

회고로 나를 배웁니다

코로나와 재택근무의 영향으로 집에 머무르는 시간이 길어지면서 동네 산책을 자주 하게 됐다. 늘 같은 코스로만 걸으면 지루하니까 일부러 한 번도 가보지 않은 골목을 찾아다닌다. 이 동네에 산 지 벌써 7년째인데 아직도 초면인 골목이 남아 있다. 새로운 골목을 발견할 때마다 놀란다. "뭐야! 우리 동네에 이런 풍경이 있었어?"

매달 나를 리뷰하면서도 같은 감정을 느낀다. 바쁜 일상 속에서 조각조각 흩어진 나를 모아놓고 보면 새삼스럽다. 막연히 '나'라고 짐작했던 모양과 월간 회고를 통해 재조립한 내 모습은 꽤나 다르기 때문이다. 지난달과 비슷한 평범한 시간을 보냈다고 생각했는데, 막상 리뷰를 해보니 인생의 하이라이트라고 할 만한 사건이 많았던 경우도 있고. 별일 없이 잘 지내고 있다고 믿었는데, 번아웃이 오기 직전까지 나를 밀어붙이고 있던 시기도 있었다.

나에 대해 잘 몰랐을 때는 내 자신이 볼펜으로 대충 그린 졸라맨 낙서같이 느껴졌다. 이 밋밋한 캐릭터를 데리고 평생을 어떻게 살꼬. 상상하는 것만으로도 벌써부터 지루해서 견디기 힘들었다. 하지만 지금은 다르다. 주기적으로 나를 관찰하고 리뷰하는 요즘은 나라는 존재를 훨씬 더 입체적으로 인식한다. MBTI나 사주팔자의 힘을 빌리지 않고, 내 감정이나 행동의 이유에 대해 나의 언어로 설명할 수 있게 됐다.

이렇게 말하면 자의식 과잉으로 보일까 봐 걱정되지만, 솔직히 나로 사는 게 재밌다. 나는 움직이는 구름처럼 자주 변하고, 매달 삶의 지혜라고 부를 만한 무언가를 깨우치며, 일상 속에서 새로운 즐거움을 계속해서 만들어낸다. 아무도 알아채지 못할 만큼 작은 움직임이지만 내가 알아주는 것만으로도 내 삶의 의미는 충분한 것 같다.

이렇게
활용하세요

이 책은 일종의 뷔페입니다.

1. 기록생활자가 차려둔 다양한 월간 회고법을 찬찬히 둘러보시고,
2. 마음에 드는 방법을 골라 여러분의 접시에 담으세요.

사실 저는 매일 일기를 쓰고, 매달 사진을 500장쯤 찍는 기록 광인인데요. 15년간 기록 생활을 하며 터득한 노하우를 셀프 아카이빙 코너에 따로 정리해두었습니다. 월간 리뷰는 하고 싶은데 쌓아둔 기록이 없어서 아쉬운 분이라면, 이 코너에서 기록 습관을 주워가세요.

단, 이것은 누가 시켜서 하는 숙제가 아니므로 억지로 하지는 마세요('출근'보다는 '사이드 프로젝트'에 가까운 일이지요). 같은 주제의 회고를 매달 반복할 필요도 없습니다. 소비가 많았던 달에는 소비 리뷰를, 콘텐츠 소비를 잔뜩 했던 달에는 콘텐츠 리뷰를 하면 됩니다. 이 프로젝트가 여러분에게 즐거운 소일거리가 됐으면 좋겠습니다.

차례

2 먹고 사고 하고

3 사람하고 일하고 말하고

4 머물고 찍고 반복하고

1

쓰고
보고
끄적이고

놀 거 다 놀 고
먹 을 거 다 먹 고
그 다음에 쓰는 일기

월 간

일 기

리 뷰

01

일기를 쓴다는 것은
나를 포기하지 않았다는 의미다.

"나 요즘 힘들어"

　"왜 무슨 일 있어?"

　"아니 아무 일도 없어. 그래서 힘든가 봐. 사는 게 재미가 없어. 의미도 없고."

　아. 아무 일도 없어서 힘든 느낌. 뭔지 너무 안다. 다들 재 밌게, 발전적으로 사는 거 같은데 나만 제자리인 것 같고, 매일이 공허해서 울고 싶은 기분. 그 미묘한 패배감에서 꽤 오랫 동안 빠져나오지 못했던 시절이 있었다.

　인간에게는 계기가 필요하다. 어제와는 다르게 살게 하는 계기. 작은 계기 하나만 있으면 사는 게 조금은 재밌어진다. 사람마다 그 계기의 종류가 조금씩 다른 것 같던데. 나의 경우 는 일기였다. 일기 쓰는 사람이 아니었다면 나는 지금보다 훨 씬 더 무기력하게, 내 인생에 대한 애정 없이 살고 있었을 것 이다.

　대부분의 게임에는 이런 룰이 있다. 캐릭터마다 습득할 수 있는 능력의 가짓수는 한정적이며 새로운 능력을 얻기 위해 서는 지금 가진 능력 중 하나를 버려야 한다. 내가 가진 몇 안 되는 능력 중 가장 마지막까지 버리고 싶지 않은 능력은 단연 일기 쓰는 습관일 것이다. 후손들에게 조상으로서 딱 하나의 리빙 포인트만 전수할 수 있다면 이렇게 쓸 것이다. "자네, 요즘 사는 게 그저 그런가? 지금 당장 일기를 쓰시게."

나에게 일기 쓰기란 '나는 내 삶을 내팽개치지 않았다' 혹은 '나는 아직 나를 포기하지 않았다'라는 상징적인 의미가 담긴 습관이다. 어떤 내용을 쓰느냐보다는 일기를 쓰는 행위 자체에 의미가 있기 때문에 종이 일기장에 손 글씨로 쓴다.

똑같은 하루라도 말로 하는 것과 일기로 기록하는 것에는 분명한 차이가 있다. 누가 "오늘 뭐 했어?" 혹은 "오늘 어땠어?"라고 물으면 "맨날 회사(학교)–집–회사지 뭐. 별일 없었어"라고 대답하고 말 평범한 날. 기껏 일기장 꺼냈는데 별일 없었다고 쓸 순 없으니 초등학생

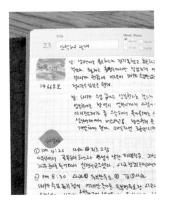

일기 쓰듯 아무 말이나 적어본다. 아무 말을 쓰다 보면 나도 모르게 요즘 무슨 생각을 하면서 사는지, 어떤 상태인지 고백하게 된다. 펜과 종이에는 그런 힘이 있다. 백지 앞에서 머릿속이 하얘져 막막할 때는 단순한 질문을 던지고 답해 본다. 오늘 뭘 먹었지? 지금 책상 위엔 뭐가 있지? 같은 것들. 별 생각 없이 찍어둔 사진을 시간이 흐른 뒤에 보면 괜히 뭉클해지는 것처럼, 아무렇게나 휘갈긴 일기는 오늘의 기념품이 된다.

뭘 먹었지?

카드 거래 내역을 보니 카페에 두 번이나 갔다. 아침에 들른 카페보다 점심에 들른 카페가 더 마음에 들었다. 카페 안에 원두 볶는 기계가 있어서 커피 기다리면서 멍 때리기 좋다. 사무실이랑 거리가 좀 멀어서 그런지 회사 사람이 한 명도 없다. 점심시간에 사람들이랑 부대끼기 싫어서 약속 있는 척하고 걸어오길 잘했다. 앞으로 종종 점심시간에 혼자 걸어서 여기 와야겠다. 잠깐 혼자 있으니까 사회성도 좀 회복되는 것 같다. 생활 반경 안에 있는 비상구랄까. 사회생활 에너지를 쥐어 짜내서 동료들과 억지로 밥을 먹기보다는, 점심에 잠깐 쉬고 다시 다정한 동료로 거듭나는 편이 훨씬 낫다. 나는 쉽게 방전되는 인간이지만 또 금방 충전되는 인간이기도 하니까. 중간중간 자주 쉬어주기만 하면 된다.

지금 책상 위에 있는 것

휴대폰(사운드 샵 발란사에서 만든 카세트 테이프 디자인 케이스를 끼워뒀다), 보라색 모래가 들어 있는 모래시계, 엽서와 메모지가 든 파란색 플라스틱 상자, 온갖 스티커를 모아둔 주황색 스티커 스크랩북(쓰는 속도가 사는 속도를 못 따라가서 스티커 부자다), 길이 제대로 든 진 밤색 가죽 커버 일기장(보물 1호,

친구가 유럽 여행 가서 사다 준 천 팔찌가 가름끈처럼 묶여 있다), 올해 시작한 3년 일기장, 제주도에서 사 온 인센스 홀더와 삼나무향 인센스, 가운데 손가락보다 한 마디 정도 긴 연두색 미니 토치, 나를 작가로 만들어준 타자기, 동주가 선물해준 샤오미 볼펜. 그리고 읽고 치우지 않은 책의 무덤(세어보니 여덟 권이다).

이렇게 일기로 정리하고 나면 그냥 '별일 없는 하루'로 '퉁' 쳤을 때보다 훨씬 의미 있는 하루를 보낸 기분이 든다. 종종 "어떻게 그렇게 부지런하게 사냐", "재밌는 일을 자주 하는 것 같아 부럽다"라는 말을 듣는데, 실은 사소한 일에 의미 가져다 붙이기를 잘할 뿐이다. 때로는 일기거리를 만들기 위해 크고 작은 이벤트를 셀프로 만들기도 한다. 주객이 전도됐지만 어쨌거나 사는 게 더 재밌어졌으니 땡큐다.

코미디언 송은이는 누가 날 찾지 않아도, 불러주는 곳이 없어도 계속 개그를 하고 싶어서 팟캐스트 채널 〈비밀보장〉을 만들었다고 한다. 내가 그만두고 싶지 않은데, 외적인 요인에 의해 쓸모없는 사람처럼 느껴지는 게 견딜 수 없어서 자체적으로 무대를 만든 셈이다. 내가 일기를 계속 쓰는 이유도 비슷하지 않을까 싶다. 오래 전부터 글 쓰는 사람으로 살고 싶었고 운이 좋게 몇 권의 책을 쓸 수 있었지만 나를 찾아주는 곳이 언제까지 있을지 모르겠다. 그렇지만 일기를 계속 쓰는 한 "요즘은 글 안 쓰세요?"라는 질문에 "네. 이제 글 안 써요. 찾는 곳도 없고요"라고 말하지 않아도 된다. 살면서 책 한 권 써보는 게 목표라고 말하는 내 친구들, 당장은 찾아주는 이가 없을지라도 누구보다 근사한 글을 쓰는 내 친구들이 일기만은 계속 썼으면 좋겠다. 우리가 그만 쓰고 싶을 때까지. 쭉.

일기는 쓰는 것보다 다시 읽는 게 더 재밌다

매달 마지막 주 주말은 '일기 리뷰'를 하기 위한 시간으로 비워둔다. 한 달 동안 남긴 기록을 테이블 위에 올려두고 책을 읽듯 느긋하게 페이지를 넘긴다. 뭘 먹었다, 뭘 봤다, 날씨가 어땠다 등등. 단순하고 유치한 내용이 전부지만 솔직히 그 어떤 에세이보다 재밌다. 자기가 쓴 일기는 재밌을 수밖에 없다. 내 이야기니까.

3월 일기 리뷰 현장

독자의 입장에서 남의 이야기 보듯 일기를 읽다가 '이달의 기념품'으로 남기고 싶은 순간, 밑줄 긋

고 싶은 문장을 만나면 노트북으로 옮긴다. 아날로그 기록을
디지털 기록으로 변환하는 과정이다. 이때 나는 온라인 메모
서비스인 '노션'을 활용한다.

4월 월말 결산

기념품 벚꽃 산책/벤치 생활/봄에 일기는 많이 못 썼지만 사진만
봐도 기분이 좋아지는 봄날을 보낸 것 같아서 다행임/치악신림 벚
꽃 캠핑/나무야나무야 봄맞이 캠핑(우중캠)/가평 드라이브/하숙
생 느타리 /링피트/달삼쓰요 디자인본 보기

- 달삼쓰요 마감하느라고 정신 없었던 한 달. 일기가 중간중간 비었지만
  일단 수고했다고 하고 넘어갈게요!
- 4.1 길음뉴타운에서 벚꽃 구경
- 성실한 삶이란 하기 싫은 일도 그냥 하는 것이다.
- 4.2 난다 작가님한테 추천사 받음. 살다 보니 이런 일도 있구나.
- 4.2 서순라길에서 은미님이랑 인수랑 서울집시. 술 취하고 와서도 링피
  트를 열심히 했다.
- 4.3-4 나무야나무야 캠핑장 우중캠

- 놀이터에 앉아서 책 읽기
- 회사 출근해서 점심시간에 빵 + 맥주 사서 혼자 놀았는데 사진만 봐도 너무 좋다. 벚꽃독서

노선에 기록해둔 4월 월간 리뷰 일부

종이 일기장은 존재 자체로 아름답다. 손으로 쓰는 행위에서 오는 성취감이 없다면 일기 쓰기를 지속하기 어려웠을 것이다. 예전엔 월간 리뷰도 노트에 손으로 직접 썼었다. 사적인 기록만은 반드시 아날로그로 남기겠다는 고집이 있었다. 종이와 펜만이 줄 수 있는 물성과 만족감을 단 한순간도 포기하기 싫었던 것 같다.

하지만 아날로그 기록은 다소 위태롭다. 일기장을 잃어버리면 그걸로 끝이다. 복구 버튼을 누를 수도 위치 추적을 할 수도 없다. 더군다나 나는 꽤나 악필이다. 너무 오래 전에 쓴 일기는 나조차도 해독이 불가능할 때가 있다.

일기장을 잃어버리거나 물에 빠뜨리는 대참사를 몇 번 겪고 나서는 디지털 기록을 병행하게 됐다. 노선에 월간 리뷰를 기록해두면 일단 보관이 용이하고 또 여러모로 편리하게 활용할 수 있다. 이를테면 봄에 간 캠핑의 순간을 곱씹고 싶을 때, '캠핑'을 검색하면 몇 월 며칠에 갔는지 바로 나온다! 내 인생이 아카이브된 이북을 갖게 되는 셈이다.

내 인생의 편집권을 내가 갖는다는 것

월간 리뷰를 할 때에는 대체로 좋은 기억 위주로 남긴다. 사라졌으면 하는 일들은 굳이 붙잡지 않는다. 일기로 회고를 한다는 건 내 인생의 편집권을 내가 갖는다는 의미다. 우리의 기억력이란 너무나도 하찮아서 기록해두지 않은 대부분의 일들은 금방 증발해버린다. '무엇을 기억하고 남길 것인가' 일기 리뷰를 하며 내 인생을 내 마음대로 편집한다. 내 맘대로 할 수 있는 게 별로 없는 세상에서, 내 맘대로 할 수 있는 몇 안 되는 것이 기록이니까. 원하는 방식으로 기록하고 기억할 자유를 누린다. 자랑은 아니지만 나의 월간 리뷰 기록에는 과거를 미화하는 경향이 확연히 드러난다. 뭐 어때. 나는 내가 인생을 나에게 유리한 방향으로 기억하는 게 마음에 든다.

지난 일기를 다시 읽다 보면 잊고 지냈던 일을 선물처럼 발견하기도 하고(코트 주머니에 묵혀뒀던 현금을 발견하는 것처럼!) 한동안 나를 괴롭히던 문제가 이제는 사라졌다는 사실을 깨닫기도 한다. 반대로 당시엔 놓쳐버렸던 '마음이 보내는 시그널'을 뒤늦게 알아차릴 때도 있다.

살다 보면 이리저리 치이느라 깎이고 부서져서 나를 잃은 것 같은 느낌이 들 때가 있는데, 일기로 월간 리뷰를 하는 과정에서 나다운 면을 되찾기도 한다. 일기를 단 한 줄이라도 쓰려면 어쨌거나 나를 들여다봐야 하니까. 내가 세상을 보는 시선이 어떤 모양인지 어렴풋이 알 수 있다. '나는 이런 상황에서 이런 생각을 하는구나', '이런 결심을 하면서 사는구나'.

일기를 쓰면서, 한 달 단위로 회고하는 습관을 기르면서, 내 인생은 예전보다 더 단정해졌다. 해야 하는 일에 떠밀려 되는 대로 살다 보면 함정에 빠진 것처럼 막막해질 때가 있는데, 일기를 쓰고 있으면 왠지 잘 살고 있는 기분이 들어 안심이 됐다. 그래서 나는 일기를 쓴다. 내가 몇 살까지 일기를 쓰게 될까. 할머니가 될 때까지 일기를 계속 쓴다면 아마도 지금보다는 훨씬 더 사려 깊은 사람이 되어 있을 것 같다. 매일 일기 쓰는 할머니가 되고 싶다.

how to
셀프
아카이빙

1. 일기 대신 '주기' 쓰기

사는 게 바빠 일기 쓸 여유가 없다는 말. 이해한다. 피곤해서
이도 못 닦고 자는데 하루의 끝에서 펜을 잡기란 당연 어려운
일이다. 그럼에도 일기를 쓰고 싶은 마음이 있는 사람에겐 '주
기'를 추천한다. 주기란 단어 그대로 일주일 단위의 기록을 남
기는 방법이다.

나 또한 평일엔 맥주 마실 틈(!)도 없는 텍스트 노동자이므로
너무 바쁜 시즌엔 일기 대신 주기를 쓴다. 매일 쓸 수 있는 만
큼만 쓰고 나머지는 일단 빈칸으로 둔다. 그리고 비교적 여유
로운 주말에 일기장을 펼쳐서 밀린 일기를 쓴다. 그날 뭐 했는
지 기억이 나지 않으면 메신저나 휴대폰 사진첩의 도움을 받
는다.

평정심을 잃고 터지기 일보 직전인 상태일 때는 2주 넘게 아
무것도 쓰지 못하기도 한다. 그럴 땐 '365칸이나 있는데 14칸
쯤은 빈칸으로 두어도 괜찮잖아' 하는 마음으로 넘어간다. 무
리하지 않아야 지속할 수 있으므로 죄책감을 갖는 일은 금
지다.

2. 일기장에 나만의 코너 연재하기

종이 잡지 만들던 에디터의 직업병일까? 나는 일기장에도 잡지처럼 코너를 만들어 연재한다. 올해 시작한 3년 일기장에는 '작은 기쁨'이라는 코너를 운영하고 있다. 오늘 나를 기쁘게 했던 작은 기쁨들을 기록하는 코너다. 귀여운 양말, 필기감이 좋은 펜, 세탁소 사장님에게 들은 칭찬. 잊어버리기 쉬운 유치하고 시시한 기쁨들을 단어 형태로 적어 놓는다.

3년 일기장 마지막 줄 고정 코너 '작은 기쁨'

매일 반복하는 일이 있다면 그것에 대하여 일지를 적어보는 것도 괜찮다. 커피 일지, 출퇴근 일지, 식사 일지, 날씨 일지, 영수증 일지 등등.

나의 경우 매일 쓰는 기본 일기장에는 '산책 일지'를 쓴다. 걸으면서 본 것, 생각한 것들을 펜 가는 대로 휘갈겨 쓴다. 정돈

되지 않은 문장이라 비문도 많고 엉망이지만 '매일 꾸준히 하는 것'에 대한 기록은 그 자체로 의미가 있다. 산책 일지를 연재하는 덕분에 거꾸로 산책을 하게 될 때도 있다. '아 산책 일지 써야 하는데, 나가서 10분이라도 걷자.' 생각이 이런 식으로 흐른다.

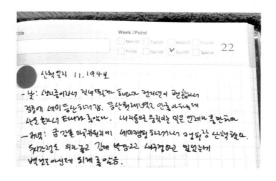

코너 연재 시스템의 장점은 백지에 대한 공포를 줄여준다는 점이다. 일기에 무엇을 써야 할지 모르겠는 사람에게 코너는 이정표가 된다. 주제와 포맷이 정해져 있으니 쓰는 부담이 덜하다. 첫 문장을 어떻게 시작해야 할지 고민할 필요도 없다. 코너명을 쓰면 되니까! 물론 일기장에서 연재되는 코너들은 나 혼자 쓰고 나 혼자 읽기 때문에 코너의 존폐 여부도 내 마음대로 결정하면 된다.

33

3. 글 대신 앱·스티커·사진으로 쓰는 일기

일기가 꼭 문장의 형태여야 할 필요는 없다. 시중에 리추얼, 일상 기록을 위한 다양한 상품이 출시되어 있으니 그런 것들을 활용하는 것도 방법이다. 다음의 이미지는 내가 사용하는 '해빗 트래커(습관 추적)' 메모지다. 매달 실천하고 싶은 습관을 적고 성공한 날에는 스티커를 붙인다. 월간 리뷰를 할 때 이 메모지를 보면 내가 한 달간 어떻게 지냈는지 시각적으로 파악할 수 있다.

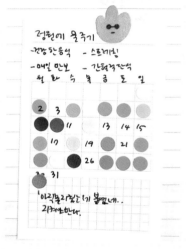

해빗 트래커 메모지

스마트폰을 활용하면 그보다 더 편하게 기록을 남길 수 있다.

스마트폰 앱 스토어에 '습관', '리추얼' 같은 검색어를 넣어보면 매일의 기록을 시각화할 수 있는 수많은 앱을 볼 수 있다. 그중 디자인이 가장 마음에 드는 것을 골라 사용하면 된다. 나는 '투 두 메이트'라는 앱을 쓴다. 회사 업무는 주황색 폴더, 하고 싶은 일(루틴)은 초록색 폴더, 집안일은 분홍색 폴더 이런 식으로 매일의 목표별로 색깔을 지정할 수 있는데, 일정을 완료하면 빈칸을 색칠하는 시스템이다. 이달의 내 달력이 주로 어떤 색으로 칠해져 있는지 살펴보면서 일과 삶의 밸런스를 가늠해본다. 참고로 회사 업무로 점철됐던 지난달은 달력이 오렌지가 되어 있어서 슬펐다. 그런 달에는 월간 리뷰를 하며 '너무 회사 일만 하지 말고 나도 좀 돌봐야지' 하고 반성한다.

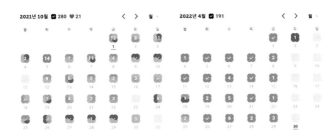

모바일 앱 '투 두 메이트'

콘텐츠는
어떻게
영감이 되는가

월 간

콘 텐 츠

리 뷰

02

거창한 예술 작품만 나에게 영향을 미치는 것이 아니다.

우리가 매일 보는 것이 나를 만든다.

아침에 일어나서 잠들 때까지 잠시도 쉬지 않고 무언가를 보거나 듣거나 읽는다. 힙합 음악을 들으면서 잠을 깨고, 갓 생사는 브이로거 영상을 보며 샤워한다. 팟캐스트와 함께 점심 산책을 하고, 저녁엔 배철수 아저씨 라디오를 켜고 달린다. 일하면서는 재즈를 듣는다. 출퇴근길 버스에선 책을 읽고, 자기 전엔 인스타그램으로 사람들의 일상을 구경한다. 콘텐츠를 소비하는 시간이 딱히 낭비처럼 느껴지진 않는다. 오히려 영감을 얻기 위한 공부, 투자라고 생각하는 편이다.

그런데 문제는 기억에 남는 게 별로 없다는 데 있다.

"선배 저번에 말한 그 책 어땠어요?"

가만 있자. 그래 내가 읽었는데. 분명히 읽었는데 내용이 기억이 안 난다. 심지어 좋아서 밑줄까지 잔뜩 그었는데. 쥐스킨트가 말하던 '문학적 건망증'이 이런 건가. 텍스트가 아닌 영상 쪽도 마찬가지다. 영화도 드라마도 볼 때는 재밌게 본다. 그리고 뒤돌아서면 까먹는다. 주요 서사는 물론 주인공 이름도 기억이 안 난다. 좋았다, 별로였다 정도의 인상만 어렴풋이 남아 있을 뿐이다. 억울했다. 이렇게 많은 콘텐츠를 소비하는데 왜 남는 게 없을까. 다른 작가님들 보면 좋은 작품, 좋은 구절을 기억해두었다가 적재적소에 잘만 활용하시던데.

그리고 어느 날 우연히 웃기고 슬픈 법칙(?)을 깨달았다. 인스타에 인증샷을 올린 작품은 상대적으로 기억에 오래 남는다는 것이다. 얼마나 큰 감명을 받았냐가 아니라 인스타 업로드 유무가 좌우하는 기억력이라니. 10년 차 콘텐츠 에디터이자 작가로서 자존심이 상하지만 현실이 그렇다. 나름의 분석을 해본 결과 인스타에 리뷰를 올리는 과정에서 내가 소비한 콘텐츠에 대해 한 번 더 생각을 하기 때문인 것 같다. 인스타 스토리 한 장을 올리더라도 인상 깊은 페이지를 골라 사진으로 찍고, 영상의 하이라이트 구간을 잘라 편집하는 단계를 거치게 되니까. 타인이 만든 콘텐츠를 내 언어로 소화하는 과정에서 '내 것', '영감'이 만들어지는 모양이다. 이래서 어릴 때 선생님들이 독후감 쓰라고 그렇게 강조하셨구나. 어쨌거나 거창한 감상문까지는 아니더라도 콘텐츠 소비 기록을 남기고 회고하는 과정은 필요하겠다 싶었다.

'나는 책도 안 읽고 영화도 공연도 안 보는데, 콘텐츠 리뷰는 못하겠다'고 생각하는 사람도 있겠지? 문화생활을 따로 하지 않는 사람이라도 분명 휴대폰으로 무언가를 끊임없이 보고 있을 것이다. 인스타 돋보기에 뜬 게시물, 유튜브 영상, 뉴스레터, 기타 등등. 그 모든 것이 콘텐츠다.

우리의 정서는 환경의 영향을 크게 받는다고 한다. '나'는 날씨, 음식, 직장, 학교처럼 일상적인 것들로 이루어져 있을 테고, 끼니는 걸러도 유튜브는 매일 보니까. 아마도 내 정서의 많은 부분은 온라인 콘텐츠에 빚을 지고 있을 것이다. 나도 모

르는 새 자주 보는 유튜버 말투를 따라 하거나 팔로잉 하고 있
는 인플루언서와 비슷한 패션 스타일을 추구하게 되는 것처
럼 말이다.

　거창한 예술 작품만 나에게 영향을 미치는 것이 아니다.
우리가 매일 보는 것이 나를 만든다.

'좋아요'가 헤픈 사람이 영감을 잡는다

몇 년 전부터는 매달 자체적으로 '콘텐츠 리뷰'라는 걸 해보
고 있다. 별건 아니고 한 달 동안 어떤 콘텐츠를 소비했는지
가계부 쓰듯 정리해보는 것이다. 이 리뷰를 하려면 사전 준비
가 필요한데 방법은 아주 간단하
다. '좋음의 흔적'을 남기면 된다.
'좋은 걸 봤으면 좋아요' 누르기!

(진짜 간단하죠?)

인스타그램 활동 관리 탭에 들어가면, 특정 기간 동
안 내가 좋아요 누른 콘텐츠만 모아 보여주는 기능
이 있다. 위 사진은 나의 2022년 8월 좋아요 기록.
이것만 봐도 이 시기 내 관심사가 뭐였는지 보인다.
술, 건강식, 고양이 그리고 바다!

요즘 세상이 좋아져서 웬만한 플랫폼에는 내가 '좋아요' 누른 콘텐츠를 모아서 보여주는 기능이 있다. '좋아요'만 제때 눌러두면 내가 남긴 '좋음의 흔적'들을 되짚어가며 지난 한 달 동안 뭘 보고 살았는지 정리해볼 수 있다.

유튜브도 마찬가지!

스크린샷 폴더를 열어보아요

사람들이 멋진 풍경을 봤을 때 사진을 찍는 것처럼 나는 마음에 드는 콘텐츠를 보면 사진을 찍는다. '좋아요' 버튼을 누르는 것이 외부에 남기는 흔적이라면 이건 나만 볼 수 있는 흔적인 셈이다.

원래는 책을 읽다 좋은 구절을 발견하면 그냥 밑줄만 그었다. 그런데 이렇게 하니 그 책을 다시 들춰보지 않는 이상 영영 잊게 되어 사진으로 찍어 남기는 습관을 길렀다. 한 번 본 책은 다시 안 펼쳐도 휴대폰 갤러리는 틈틈이 열어보니까.

책뿐만 아니라 정주행할 만큼 마음에 쏙 드는 유튜브 채널을 발견했거나, 표현력 좋은 댓글을 봤을 때, 트위터에서 삶의 지혜가 닮긴 멋진 이야기를 만났을 때에도 습관적으로 스크린샷 버튼을 눌러 저장해둔다.

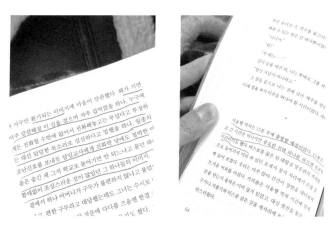

거창한 리뷰를 남기려고 하면 잘 써야 한다는 부담감 때문에 자꾸 미루게 되고, 결국 아무것도 기록하지 않게 된다. 그냥 마음에 드는 부분에 밑줄 죽죽 긋고 사진으로 찍어놓으면 부담도 없고 나중에 복습하기도 편하다.

성실하게 좋음의 흔적을 남긴 사람이라면 월간 회고를 하면서 꽤나 뿌듯해질 거다. 유튜브 틀어놓고 무의미하게 흘려보낸 시간은 콘텐츠 리뷰를 통해 '의미 있는 콘텐츠 소비 활동'으로 레벨업 된다.

스크랩을 해둔다는 느낌으로 콘텐츠 소비 기록을 남겨뒀다가 영감이 필요한 순간에 꺼내 읽는다. 사람과 사람 사이에만 인연이 있는 것이 아니라 콘텐츠와 사람 사이에도 인연이 있어서 당시에는 별 다른 영감을 주지 못했지만 나중에 다시 보면 도움이 되는 경우도 있다.

'요즘 왜 이렇게 볼 게 없지?'라는 생각이 들 때도 콘텐츠 소비 기록을 펼친다. 기억은 잘 안 나지만 이 리스트 안에 들어 있는 작품은 과거의 내가 좋다고 느낀 것들이니까 지금 봐도 재미있을 확률이 높다.

2022 콘텐츠 소비

▼sns 영감

- "난 이미 늦었어. 글러 먹었어" "전혀 안 늦었어. 태백의 벚꽃은 5월에 핀다는 사실을 기억해."
- 사람은 어떤 물건에도 금방 익숙해진다. 그래서 물건보다 경험에서 얻는 행복의 지속 시간이 길다. 10만 엔을 주고 산 코트는 입을 때마다 익숙해져서 시간이 흐를 수록 기쁨은 점점 줄어든다. 하지만 10만 엔으로 친구와 함께 간 해외여행은 생각날때마다 똑같이 기쁨이 재현된다. 기

억을 끄집어낼수록 즐거움이 줄어들지는 않는다.

- 연기에는 모든 게 다 도움이 되는 것 같아요. 정말 사소한 거라도 다 도움돼요. 예능을 봐도 연기에 도움이 되거든요.

책

💡 서귀포를 아시나요/꿈꾸는 하와이/눈속의 겨울(문진영)/플래너리 오코너/폴오스터

▶소설 보다 2021 겨울
▶〈아무것도 아니라고 잘라 말하기〉 임솔아
▶〈선릉산책〉 정용준
▶〈소란〉 박연준
▶〈카운터 일기〉 이미연
▶〈마음에 없는 소리〉 김지연
▶〈이토록 평범한 미래〉 김연수

콘텐츠 소비 기록의 일부

콘텐츠 소비 기록을 남기면 좋은 점 또 하나. 내가 어떤 장르·매체를 편식하는지 알게 된다. 나의 경우 직업상 모든 매체를 골고루 소비해야 해서, 이번 달에 너무 책만 읽었다 싶으면 다음 달엔 영상 콘텐츠를 조금 더 보는 식으로 균형을 맞춘다.

how to
셀프
아카이빙

1. 목록 작성하기

고백 하나. 나는 매우 불성실한 리뷰어다. 좋은 작품을 보고도 기록을 남기지 않고 그저 생각만 하다가 리뷰할 때를 놓치곤 한다. 특히 진짜 마음에 드는 작품일수록 그렇다. 좋아하는 사람 앞에서 잘 보이고 싶어 망설이다가 정작 아무 말도 못하고 뚝딱거리는 것처럼. 기왕이면 멋진 리뷰를 쓰고 싶어서, 정확한 표현으로 감상을 남기고 싶어서, 말을 고르고 고르다 결국 어떤 기록도 남기지 못한다.

그래서 내가 대안으로 쓰고 있는 방법은 일기장 첫 페이지에 '콘텐츠 소비 목록'을 적는 것이다. 말 그대로 작품의 제목과 장르 정도만 적는다. 그저 목록이면 충분하다. 이렇게만 해놓아도 내가 평소에 뭘 보고 사는지 정리해볼 수 있어서 꽤 유용하다.

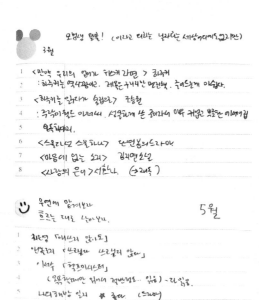

매달 적는 콘텐츠 소비 목록

2. 독서 기록용 문구 활용하기

인생은 장비빨! 보기만 해도 기록하고 싶은 마음이 드는 문구의 도움을 받아도 좋다. 온라인 문구 쇼핑몰에서 '북트래커', '독서 기록장', '독서 메모' 등의 검색어를 넣으면 다양한 상품이 뜰 텐데, 그중 취향에 맞는 아이템으로 고르면 된다. 꾸준히 하겠다는 부담 대신 '이걸로 리뷰 3개만 남겨도 선방'이란

46

가벼운 마음으로 시작하는 게 편하다.

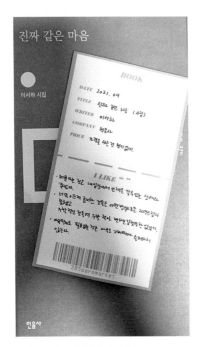

영화 티켓 같은 디자인의 책 리뷰용 메모지

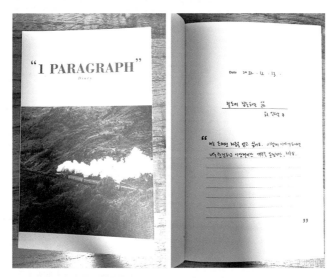

하루에 한 문단씩 인상 깊었던 문장을 적을 수 있는 노트

3. 영감 바느질(인스타그램 스토리)

아날로그 기록에 익숙하지 않은 사람이라면 인스타그램(혹은 본인이 가장 자주 하는 SNS)을 이용하는 방법도 있다. 이름하여 '영감 바느질'. 요즘엔 인스타 스토리를 연달아 올리는 것을 일컫어 '바느질한다'고 말하는데 그 표현을 본떠 이름 지었다. 방법은 간단하다. 내가 소비한 콘텐츠, 나에게 영감을 준 콘텐츠를 사진으로 찍어 인스타 스토리에 올리면 된다. 책이 될 수도, 지금 듣고 있는 음악이 될 수도, 영화 티켓이 될 수도 있다. 나는 인스타 스토리로 올린 콘텐츠 소비 기록들을 '하이라이트' 기

능을 활용해 모아뒀다가 아이디어가 필요할 때 들어와서 꺼내
본다. 사진 한 장 '딱' 찍어 올리는 것이라 부담도 없어서, 내 인
생을 아카이빙 한다는 느낌으로 꾸준히 진행 중이다.

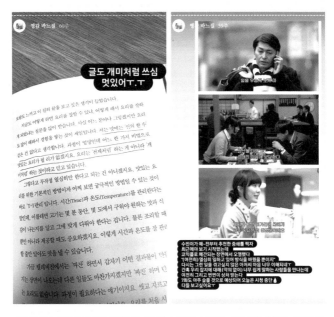

아무렇게나 올린 스토리를 '영감 바느질' 폴더에 넣는 작업은 매달 말일에 월간 리뷰를 하
면서 한다. 사진은 지난 해 남긴 영감 바느질 중 일부를 캡처한 것. 이제 보니 콘텐츠 제목
정도는 함께 메모해두는 것이 좋겠군요. 하하.

낙서는 쉽고
글쓰기는 어렵다

월간

낙서

리뷰

낙서:

(명사)글자, 그림 따위를 장난으로 아무 데나 함부로 씀.

생각해보면 오래전부터 나는 낙서를 좋아하는 애였다. 왜 그런 사람 있지 않나. 교과서 한 귀퉁이에 '놀러 가고 싶다', '내일부터 진짜 열공!' 이런 쓸데없는 말을 굳이 써놓는 애. 회의 시간에 뭘 저렇게 열심히 적나 해서 보면 겨우 동그라미, 스마일, 구름 같은 낙서를 끼적여놓는 사람.

낙서를 많이 해서 그런가. 뭐든지 손으로 직접 써봐야 이해하는 고지식한 인간으로 자랐다. 생각만으로 복잡한 머릿속을 정리하지 못한다. 기억력도 딱히 좋지 않아서 메모 의존도도 높은 편이다. 정말 사소한 것까지 다 적어놓는다. '이번 주 안에 먹어야 할 식재료: 애호박, 표고버섯', '자리에서 일어날 때 히터 *끄기*' 등등. 집안 곳곳엔 시시콜콜한 내용의 포스트잇이 잔뜩 붙어 있다. 그래서 어딜 가든 펜과 종이를 들고 다닌다. 필기구가 없으면 휴대폰 배터리가 없는 것만큼이나 불안해지는 탓에 편의점에서 포스트잇이라도 사야 한다.

매달 내가 남기는 낙서를 다 모으면 몇 페이지나 되려나. 번아웃이 와서 글은커녕 일기도 못 쓰는 시즌에도 낙서는 한다. 의도를 가지고 남기는 기록이라기보단, 스웨터에 피는 보풀처럼 생활 속에서 자연스럽게 생기는 흔적에 가깝다.

20년 경력의 낙서인이 반드시 지키는 '낙서 철학(!)'은 딱 두 가지다.

1. 반드시 작성 일자를 함께 남길 것
2. 되도록 노트 한 권에 낙서를 모으되, 다른 곳에 한 낙서는 사진으로 찍어 보관할 것

사실 모두 '낙서 회고'를 하기 위한 밑 작업이다. 별 생각 없이 남긴 낙서일지라도 시간이 흐른 뒤에 보면 내 역사의 일부, 의미 있는 기록이 된다는 사실을 경험을 통해 알게 됐다. 고대 이집트인들이 벽화에 남긴 낙서 "요즘 애들은 버릇이 없다"가 먼 미래의 우리에게 세대 갈등을 이해할 힌트가 되었듯, 무의식중에 남긴 낙서에서 나를 이해할 마지막 퍼즐을 찾을 수도 있다는 입장이다. 물론 그중엔 하등 쓸모없는 그야말로 '낙서'일 뿐인 기록들이 대부분이지만. 그것들은 그것 나름대로 재미가 있다. 의미든 재미든 뭐라도 건지면 그만이다.

생각이 많은 사람을 위한 처방전: 고민 낙서

고민이 생기면 펜부터 잡는 사람이라 낙서 노트에는 이런저런 고민거리들이 남아 있다. 한 달이 지나고 나서 다시 봤을 때 이미 유효 기간이 만료된 고민들이 대부분이다. 그걸 보고 있으면 이런 생각이 든다. 한없이 모자란 인간 같아도 어쨌거나 크고 작은 문제들을 스스로 해결해가며 살고 있구나. 기특

하구나. 한편 지나고 나서 보니 완전히 잘못된 방향으로 가고 있었음을 깨닫게 되는 낙서도 있다. 그런 기록은 낙서인 동시에 인생의 오답 노트가 되어준다.

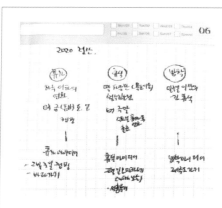

'어떻게 쉬어야 할 것인가' 고민하던 어느 가을의 낙서

쉬고 싶은데 휴가를 낼 수 없어서 괴로웠던 시기가 있었다. 일단 노트를 펴고 쉼의 범주를 크게 세 가지로 나눠봤다. 하루 이하는 휴식, 하루 이상 일주일 이하는 휴가, 일주일 이상은 방학. 이렇게 놓고 보니 길게 쉬긴 어려워도 짧은 휴식은 가능할 듯 싶었다. 예전에는 길게 못 쉬면 무조건 불행했는데, 휴가를 붙여 쓰려는 집착을 내려놓으니 오히려 마음이 편해졌다. 이제는 단 하루의 여유만 생겨도 기쁘게 휴식한다. 고민 낙서를 통해 답을 찾은 좋은 예.

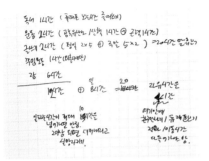

해야 할 일도 하고 싶은 일도 많은 n잡러의 고민이 담긴 낙서

글 쓰는 시간을 충분히 확보하고 싶은데 그렇다면 어디서 시간을 줄여야 할까? 머리를 굴려보았지만 아직 답을 찾지 못했다. 이렇게 정량적으로 접근하면 답이 없다는 사실만 알게 됐다.

종이 쪼가리를 모으는 이유

영수증, 카페 스티커, 입장권, 포장지 같은 것들은 생기자마자 바로 낙서 노트에 붙여둔다. '나중에 각 잡고 스크랩 해야지!' 하고 넣어뒀다간 가방 속에서 굴러다니다가 잃어버리기 딱 좋다. 거창하게 생각하지 말고 그냥 날짜랑 장소만 써놔도 충분하다. 내가 머물렀던 장소를 기억하는 좋은 방법이다.

배달 음식에 붙은 다정한 메모나 선물에 붙인 짧은 쪽지도

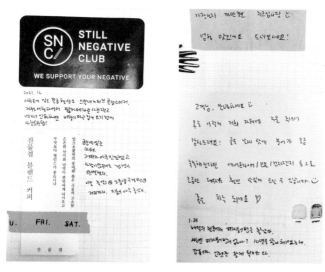

종이 쪼가리를 붙이고 간단한 낙서를 함께 남긴다

버리지 않고 낙서 노트에 모은다. 편지와 쪽지 사이엔 어떤 차이점이 있을까. 편지가 받아본 지도 써본 지도 오래된 유니콘 같은 존재라면, 쪽지는 그보다는 조금 더 친숙한 느낌이다. 쪽지는 생각보다 자주 우리의 일상에 등장한다. 아무리 껴입어도 너무너무 추워서 서러운 날에는 낙서 노트에 붙은 삐뚤삐뚤한 글씨에서 온기를 얻는다.

글씨체를 아는 사이

집에 불이 나면 뭐부터 가지고 나가야 할까. 교복처럼 자주 입는 원피스, 필름 카메라, 선물 받은 타자기. 여러 가지 물건이 후보에 오르지만, 역시 마지막까지 남는 건 돈으로 살 수 없는 것들이다. 친구들에게 받은 편지를 모아둔 틴 케이스는 무슨 일이 있어도 꼭 챙겨갈 생각이다.

손 글씨에 유독 집착한다. 영원한 것은 절대 없고, 모든 사람은 언젠가 떠나고, 결국 난 혼자가 될 테지만. 손으로 쓴 편지를 읽으면 잠시 그 시절로 돌아갈 수 있는 기분이다. 어쩌면 인생은 그것만으로 충분한 것 같다.

그래서 내 이름이 적힌 종이는 웬만하면 버리지 않는다. 전 연인에게 받은 연애편지는 물론이고 노트 귀퉁이를 찢어 쓴 쪽지까지. 아무리 하찮은 내용일지라도 다 보관한다. 나에게 쪽지를 준 사람들이 알면 조금 소름끼쳐 할지도 모르겠다. 아마 그런 쪽지를 줬다는 사실조차 기억나지 않는 사람이 대부분이겠지.

언젠가 고등학교 친구와 카페에 갔는데 거기 방명록이 있었다. 친구가 펜을 들고 노트를 채우기 시작하자 갑자기 뭉클해졌다. "야, 니 글씨 오랜만에 보니까 왜 눈물이 날 것 같지?" 20년 전 우리는 필담을 자주 나누는 사이였다. 당연하게도 삼십 대 회사원이 된 지금은 더 이상 서로에게 편지를 쓰지 않는 다(카톡이라도 자주 하면 다행이다). 하지만 여전히 그 애의 글씨체를 기억하고 있다는 사실이 신기했다. 아마 우리가 이 카페에 함께 오지 않고 따로 왔다고 하더라도, 나는 방명록에 남긴 짧은 낙서만 보고 그 애임을 알아차렸을 거다. 글씨체를 아는 사이란 이렇게나 끈끈하고 특별한 것이다.

학창 시절 사귄 친구와 나이 먹고 나서 사귄 친구의 가장 큰 차이점 중 하나는, 서로의 글씨체를 모른다는 데 있다. 그러고 보니 회사에서 사귄 친구 대부분의 글씨체를 모른다. 기회가 된다면 회의 시간에 슬쩍 필담을 시도해봐야겠다. "안녕? 내 글씨 처음 보지? 나도 네 글씨가 궁금해." 나름 신선한 애정 표현이 아닐까.

how to
셀프
아카이빙

1. 음주 페이퍼

재미있는 취미가 하나 생겼다. 혼자 여행을 다니고 혼술을 즐기면서 생긴 취미인데, 술집 바 테이블에 앉아서 낙서를 한다. 이른바 '음주 페이퍼'. 갓생 사는 사람들이 쓴다는 모닝 페이퍼를 응용해봤다. 어째 결이 좀 다른 것 같지만 솔직한 이야기(어쩌면 무의식)를 쓰게 된다는 점만은 비슷하다. 일기를 써본 사람은 알겠지만 나 혼자 보는 일기에도 100퍼센트 솔직해지기란 쉽지 않다. 그런 면에서 나름 유의미한 글쓰기 경험인 셈이다.

언젠가 망원동 위스키 바에서 술을 먹는데 옆 자리에 앉은 손님이 물었다.

"저 뭐 하나만 물어봐도 돼요? 아까부터 뭘 혼자서 그렇게 쓰고 계신 거예요?"

음. 뭘 쓰냐 하면 떠오르는 말을 의식의 흐름대로 아무렇게나 쓴다. 노래 가사도 적고, 지금 먹고 있는 술의 맛에 대해서도 쓰고, 옆 자리 손님들의 흥미로운 대화 내용에 혼잣말로 참견을 하기도 한다(죄송).

사람마다 글이 술술 잘 써지고 아이디어가 샘솟는 상황이 다를 거다. 어떤 작가는 산책을 할 때 글이 잘 풀린다고 하고, 또 샤워만 하면 영감이 떠오른다는 사람도 있다. 나는 술을 마시면 글이 잘 써진다. 물론 취해서 쓴 글을 어디다 활용하긴 어렵지만. 어쨌거나 술술 잘 써진다는 게 어디인가. 보통은 변비인이 똥 덩어리 짜내듯 용을 써야 겨우 쓸 수 있는 게 글인데. 술집 바 테이블에서는 재미있는 아이디어도 막 떠오른다. 왜 술집에서 영감이 잘 떠오를까. 이유를 생각해봤는데 일단 재료가 많다. 공간에서 나는 냄새, 물건, 음악, 옆 자리 손님들의 대화, 음식 등등. 나의 경우 뭐라도 봐야(하다못해 과자 봉지 뒤에 적힌 제품 소개 카피라도 읽어야) 창작을 할 수 있는 타입의 인간이라 이야깃거리가 많은 술집은 영감 수집하기에 더없이 좋은 장소다.

글을 쓰지 않는 친구에게도 '음주 페이퍼' 쓰기를 권하곤 한다. 혼자 여행, 혼술을 꿈꾸지만 선뜻 도전하지 못하고 있는 사람들에게 이 방법이 도움이 될 수 있다. 손에 뭐라도(술과 펜) 쥐고 있으면 민망함 혹은 심심함이 조금은 덜어질 것이다.

2. DrawerJournal(혼자 하는 트위터 앱)

트위터라는 플랫폼은 분명히 매력적이다. 지금 떠오르는 생각을 실시간으로 혼잣말 뱉듯 무제한으로 업로드 할 수 있는 SNS는 많지 않으니까(인스타그램에 게시물을 너무 많이 올리면 어쩐지 눈치가 보인다). 트위터에 올라오는 메시지들은 자기 검열을 덜 거친 생각들이라 비교적 꾸밈이 없고 그래서 재밌다. 때때로 혼잣말이 대화로 이어지는 지점도 흥미롭다.

하지만 나는 트위터에 실제로 글을 올리거나 하진 않는다. 말실수를 할까 두렵기 때문이다. 대신 'DrawerJournal'이라는 앱에 혼잣말을 기록한다. 메모를 남기면 실시간으로 말풍선을 띄워주고, 사진도 넣을 수 있다. UXUI적으로 트위터와 매우 유사해서 진짜로 트위터 하는 기분이 난다!

9월 8일 (목)

9월 10일 일기장 마음에 든다 그리드

17:40

17:36   완벽할 필요없이 두 개 사면 돼

17:36   일이 있어서 다행이야

17:36   폰 케이스 그만 사

짐구 세팅했다 기분좋아

13:46

9월 8일 (목)

23:47   버리는 게 아니라 잠시 안 보이는 곳으로 치워두는 것

23:29   미역국밥 먹으니까 그래도 좀 기운 난다

23:03   다른 사람이 된다는 것, 만취하지 않기, 취해야 생기는 기회들은 없어도 되는 기회다

22:40   좋아하는 것을 발견하는 법

22:19   분명히 이 이별의 경험을 통해서 나를 잘 알게 되고 성장할 것이다

22:17   과정은 유튜브가 되게 도움이 되네

22:17   이별은 추락이다

21:38   무언가를 잃어버렸다면 그건 내것이 아니었다는 뜻이다. 세상에서 절대로 잃어버리지 않는 단 한가지는 나 자신이다

이 앱은 노트를 펼치기 어려운 상황에서 메모를 남겨야 할 때 유용하게 활용할 수 있는 도구다. 나는 주로 산책할 때, 대중교통 이동 중에 활용한다. 참, 친구나 애인을 감정 쓰레기통으로 쓰고 있는 것 같아 죄책감을 느끼는 사람에게도 추천. 나 또한 '불평 불만은 카톡 대신 메모 앱에 하기' 캠페인을 실천 중이다.

2

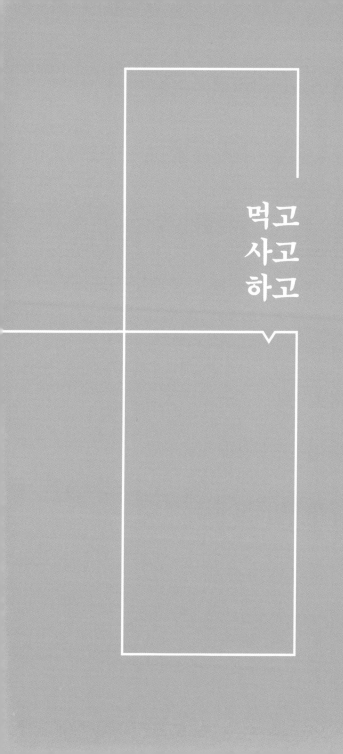

먹고
사고
하고

내가
먹는 것이
나를 만든다

월간

식사

리뷰

04

한 달 동안 무엇을 어떻게 먹었는지 돌아보는 일은

결국 내가 '잘' 살고 있는지 돌아보는 과정이다.

음식으로 기억되는 시절이 있다. 한 가지 메뉴에 꽂히면 죽어라 그것만 먹는 편이라(다들 그런가?), 특정 시기에 무엇을 먹었는지 돌아보면 덤으로 이것저것 깨닫게 된다. '아, 이 시절에는 P랑 자주 만났구나', '내가 그때 명란마요네즈에 빠지는 바람에 살이 엄청 쪘었지' 뭐 이런 깨달음들.

나는 참깨라면만 보면 대학생 때가 생각난다. 연극 동아리 활동을 하느라 주 7일 삼시 세끼 학교에 붙어 있었는데, 대부분의 끼니를 사회과학대학 건물 매점에서 때웠다. 가장 자주 먹었던 건 참깨라면과 알루미늄 포일로 감싼 공장제 참치 김밥이다. 밥 먹을 시간도 예산도 넉넉지 않았으므로 빠르게 먹을 수 있고, 저렴하고 그러면서도 맛있는 선택지를 찾아야 했다. 라면과 김밥은 그런 면에서 최선의 조합이었다.

그 시절 매 끼니를 같이 먹던 이들은 잘 지내고 있으려나. 늘 우르르 몰려다녔지만 성격도 식성도 제각각이라 식사 시간마다 각기 다른 컵라면을 들고 모였던 게 기억난다. 육개장, 무파마, 짜장범벅, 신라면. 개들이랑 지지고 볶고 붙어 지내면서 연애하는 것만큼이나 '찐-한' 추억을 쌓았다. 10년도 더 지난 일이다. 일곱 명이 다 같이 모이는 일 따위는 이제 없다. 대판 싸운 후 멀어진 관계도 있고, 별일 없이 데면데면해진 관계도 있고, 몇몇은 연례행사처럼 만나서 서로가 너무 달라져버렸음을 확인한다. 그래도 우리는 여전히 서로의 행복을 진심으로 바란다. 함께 행복할 순 없겠지만 개들이 어디서든 잘 살았으면 좋겠다.

· · ·

"우리 그때 먹은 와인 뭐였지? 되게 맛있었는데."

"이름을 모르겠어. 되게 맛있었다는 것만 기억나. 맨날 이러더라. 기껏 맛있는 걸 찾아도 결국 리셋이야. 적어놔야 해."

참깨라면처럼 강렬한 기억을 남기는 음식이 있는가 하면, 대부분의 식사는 쉽게 휘발된다. 그리고 인간은 어리석고 같은 실수를 반복한다.

나는 '누구보다 오래 메뉴판을 붙들고 있지만 메뉴 선택에 늘 실패하는 사람'이었다. 우선 '감'이 없었다. 내 눈길을 사로잡은 음식은 식당의 주력 메뉴가 아니거나 입맛에 맞지 않는 경우가 잦았다. 게다가 나는 '베스트' 혹은 '추천' 표시가 되어 있으면 어쩐지 마음이 식는 청개구리 타입이다. 얼마 전 먹어보고 불만족스러웠던 음식을 깜빡하고 다시 주문하는 일도 많았다.

당연한 이야기지만 맛없는 음식을 먹고 배가 부르면 기분이 나쁘다. 음식 욕심은 많은데 소화 능력이 따라주지 않아서 매 끼니가 소중하다. 한 번 삐끗하면 꼼짝없이 반나절을 굶어야 하는 처지라 쩨쩨하게도 진심으로 화가 난다.

　나와는 달리 '감'이 아주 좋은 사람을 한 명 아는데, 일본 드라마 〈고독한 미식가〉의 '고로 상'이다. 무역업자인 고로 상의 유일한 낙은 일 끝내고 맛있는 거 먹기! '고독한' 미식가이기 때문에 누구에게도 방해받지 않고 제멋대로 자유롭게 식당과 메뉴를 고른다. 여기서 고로 상의 멋진 점은 별점에 의존하지 않고 오직 감으로 식사 장소를 찾는다는 것이다. 배가 고파 죽겠다면서도 '맛집 검색' 따위 하지 않는다. 그래도 고로 상은 늘 좋은 선택을 한다. 오랫동안 취향을 차곡차곡 쌓아오면서 자신만의 기준을 만들어둔 덕분이다. 사실 이럴 때 믿을 만한 건 '나의 감'뿐이긴 하다. 나에게 가장 만족스러울 선택은 나만이 알고 있을 테니까.

먹기 전에 찍는 습관

하루에 세끼를 먹는다고 가정하면 한 달 동안 우리는 총 90번 이상의 식사를 하게 된다. 한 끼를 먹는 데 평균 한 시간 정도 소요된다고 치면 한 달의 8분의 1(매달 90시간)을 식사에 투자하고 있는 셈이다. 식습관으로 인한 체형의 변화나 건강 상태, 함께 식사하는 상대에 의한 감정 변화를 논외로 하고, 정말 단순하게 숫자로만 셈해봐도 식사의 존재감은 이렇게 크다(생활

비에서 식비가 차지하는 비중은 슬프니까 계산해보지 않았다).

한 달 동안 무엇을 어떻게 먹었는지 돌아보는 일은 결국 내가 '잘' 살고 있는지 돌아보는 과정이다.

식사를 리뷰하는 방법은 간단하다. 무언가를 먹으면 일단 사진으로 찍는다. 어디에 올릴 사진이 아니므로 구도나 색감을 따져가며 '잘' 찍으려고 노력하지 않아도 된다. 다이어트를 위해 필요한 자료가 아니니까 칼로리나 영양 성분을 따질 필요도 없다. 그냥 대충 형체만 보이도록 찍어두기만 하면 세상이 참 좋아져서 날짜, 시간, 장소는 자동으로 기록된다.

뭘 먹었지?

한 달간 먹은 것들을 성실히 기록해두었다면, 이제 남은 건 '리뷰 타임'이다. 언제나 기록보다 더 중요한 건 리뷰다. 인생에 도움이 되는 깨달음은 내가 남긴 흔적을 되돌아보는 과정에서 얻게 된다.

한 달 동안 찍은 식사 사진을 한 곳에 모아봤다. 나는 주로 카카오톡 '나와의 채팅' 기능을 활용한다.

7월 20일

20220720_225501.jpg

위치

갤러리 앱에서 음식 사진을 골라 '사진 묶어 보내기'로 전송하면 한눈에 보기 편하다.

7월 식사 리뷰

☐ 규칙적으로 식사하기. 대 실패. 재택근무 하다 보니 딱히 배가 고프지 않으면 식사를 거르게 된다. 그렇게 식사를 거르면 밤 늦게 야식을 먹게 됨.

☐ 특별한 일이 없으면 밥은 혼자 먹는다. 편하고 좋다. 가장 자주 택하는 '밥 친구'는 '한국기행'과 '김영철의 동네 한 바퀴'.

☐ 이번 달엔 배달 음식을 자주 시켜 먹었구나. 포케, 샐러드류가 많은 걸 보니 그나마 건강하게 먹으려고 노력은 했네.

☐ 술을 많이 줄였다고 생각했는데 매주 한 번씩은 꼬박꼬박 마셨다. 성실하기도 해라. 그래도 술 마시고 집에 오는 길에 편의

점 들러서 간식거리 사는 버릇은 없어졌다.

식사를 못 챙긴 날도 있고, 사진 찍는 걸 잊어서 기록이 없는 날도 있다. 이 또한 전혀 문제가 되지 않는다. 월말 결산의 장점은 하루 이틀쯤 게으름을 피워도 티가 별로 안 난다는 것 (30개나 27개나. 그게 그거지 뭐!). 우리는 그냥 '흐름'만 파악하면 된다. 건강하게 먹고 있다고 생각했는데 막상 리뷰해보니 식생활이 엉망일 수도 있고, 불편한 사람과의 식사 자리가 잦은 탓에 소화불량에 시달리고 있을 수도 있다. 매일의 식사가 모여서 어떤 모양을 만들었는지 읽어보는 것만으로 의미가 있다.

누구랑 먹었지?

자주 먹은 음식, 다시 먹고 싶은 메뉴 TOP3를 꼽아보거나, 이번 달에 함께 밥 먹은 사람 리스트를 적어보는 것도 재밌다. 분명 이번 달엔 월간 리뷰에 넣을 만큼 특별한 일이 딱히 없었던 것 같은데 식사 기록을 펼쳐놓으니 할 말이 이렇게나 많다. 역시 '밥의 민족'이다.

7월의 식사 메이트들

▼7.2(토) 샤니&정정 저녁 식사

장소___ 하이디라오 대학로점

메뉴___ 훠궈(생애 최초 훠궈였다!)

💡 샤니와 정정이 식사 대접을 하고 싶다고 해서 대학로에서 만났다. 정이는 한국 사람인 우리보다 한국말을 잘해서 가끔 외국인인 것을 잊는데, 중국 음식점에 가니 정이가 중국 사람인 게 새삼 실감됐다. 중국어 엄청 잘해. 엄청 멋있어. 두 시간 정도 즐겁게 대화하다 헤어졌다. 사실 2차 가자고 하고 싶었는데(식사 대접을 받았으니 칵테일은 내가 쏘고 싶었음), 오늘 나눌 수 있는 대화는 이미 다 나눈 것 같아서 욕심 부리지 않았다. 동생들 후배들 만날 때 러닝 타임이 너무 긴 것이 아닌지, 나만 즐거운 건 아닌지 항상 신경 써야 한다. 그래야 다음에 또 만날 수 있어!

▶7.7(목) 재경&시은 제주 모임
▶7.9(토) 유수암리 와인 파티
▶7.15(금) 동주&재혼 평양냉면과 만두

7월에 가장 자주 먹은 음식 TOP 3

1. 마시는 오트밀 오트&우리 쌀

2. 미역 국수

3. 오뚜기 남도식 한우 미역국＋현미 누룽지

밥 먹는 시간이 아까워서 간편식 위주로 먹는다. 내가 이런 생각을
하게 될 줄 몰랐다. 욕심이 많은 사람이라 한 끼를 먹더라도 최대
의 만족을 주는 음식을 먹자는 주의였는데, 제대로 된 식사보다 더
중요한 것들이 생겨버렸다. 하루는 24시간뿐인데, 본업도 잘하고
싶고, 운동도 매일 하고 싶고, 에세이 작가로도 꾸준히 활동하고
싶다. 줄일 수 있는 시간이 먹는 시간과 자는 시간뿐이다.

how to
셀프
아카이빙

1. 음식 취향 아카이빙

'내가 술 마시는 데 쓴 시간과 돈이 얼만데 아직도 와인 주문
하면서 이렇게 헤매다니, 한심하도다'라는 생각으로 음식 취
향 아카이빙을 시작했다. 술 취향을 아카이빙 하는 폴더의 제
목은 '취하기 전에'다. 나의 술 취향이 업그레이드되지 않는
이유를 잘 알고 있다. 취하면 미각과 기억을 모두 잃기 때문이
다. 노션에 음식 취향 아카이빙 포맷을 만들어두고, '취하기
전' 리추얼로 오늘 마신 술을 기록해둔다.

취하기 전에

▼ 와인

잘 모를 땐 =
"화이트 와인 달지 않은 것으로 추천 부탁드립니다."

• **지오반니 트레비 오쬬**: 레이블이 귀여워서 마셔본
오렌지 와인. 오렌지 와인은 오렌지로 만든 게
아니라 바디 컬러가 오렌지색이라는 뜻이라고
함. 달지 않아서 좋았다.

- **루이자도 샤블리**: 이마트에 팜/굴이랑 먹으면 맛있다.

▶ 맥주
▶ 사케
▶ 전통주

그 외에도 파스타 소스는 어느 브랜드 것이 입에 맞는지, 냉동만두는 어느 브랜드 것이 맛있는지, 먹었다 하면 체하는 음식은 무엇인지 등등. 음식에 관한 소소한 생활 정보를 그때그때 기록해두면 언젠가 유용하게 쓰게 된다. 맛없는 음식을 먹고 시무룩해할 가능성을 하나 제거했다는 사실만으로도 음식 아카이빙의 쓸모는 충분하다.

▼ 파스타 소스

- 바질페스토는 데체코! 다른 데 건 맛없어! 최근에 패키지 리뉴얼됨
- 토마토 페스토는 베르니
- 국내 파스타 소스는 폰타나 소스가 대체로 맛있다.

▶ 우유 들어간 단 음료 마시면 속 안 좋음. 먹지 말자.
▶ 홈플러스 스패니쉬 치즈 플레이트 맛없음.
▶ 미니 와인 사지 말기. 나는 미니 와인으로 술자리를 끝낼 수 없는 사람이다. 그냥 애초에 보틀로 사는 게 합리적이다.

---

2. 친구와 '식성문답' 주고받기

식사 메뉴를 정하는 일이 은근히 스트레스다. 모두의 시간과 돈을 투자해 만든 자리이므로 기왕이면 다 같이 행복한 식사였으면 좋겠는데, 식성이 제각각이라 나와 타인의 교집합을 찾는 일이 쉽지 않다.

한국 사람이라면 누구나 좋아하는 무난한 음식 '치킨' 같은 걸 먹으면 되지 않겠냐고? 치킨 싫어하는 사람이 어디 있…냐면, 바로 여기 있다. 치느님도 삼겹살도 그다지 즐기지 않는다. 다만 상대가 권하면 그냥 좋아하는 척하며 함께 먹는다. 그러고 보면 '무난한 음식'이라는 게 존재하긴 하는 걸까? 매운 음식을 못 먹는 이들에겐 떡볶이가 곤욕일 테고(물론 나는 엄청 좋아하지만), '회는 없어서 못 먹는다'는 사람들이 대다수지만 날 생선은 입에도 안 대는 사람도 있다. 또 회식 메뉴를 고를 때 비건이거나 비건을 지향하는 친구들의 의사는 자연스럽게 배제된다.

그래서 만든 것이 '식성문답'이다. MBTI를 묻는 것처럼 가볍게, 이것 좀 채워달라고 단톡방에 보내놓으면 다들 즐거워하면서 답한다. 친구들의 답변을 받고 나서 새삼 반성하기도 한다. '10년 지기 친구의 식성을 이렇게나 몰랐구나.'

빅데이터를 쌓아놓으면 과장 조금 보태서 인간관계가 수월해진다. 생일 케이크 하나를 고르더라도 그 사람의 취향에 맞춰서 준비할 수 있으니까. 받는 사람도 기쁘고 주는 사람도 뿌듯하고! 굳이 말하지 않아도 상대가 좋아하는 것과 싫어하는 것을 기억해주는 것. 나는 이걸 애정의 지표라고 부르고 싶다.

친구들 입맛 백과사전

▶ 강도

▼ 문지

　　좋아하는 음식(식사) 3가지:

　　　파스타, 마라탕, 떡볶이

　　싫어하는 (못 먹는) 음식 3가지:

　　　가지, 해산물(날것) 같은 비린 것

　　좋아하는 음료:

　　　커피 빼고 삽가능!

　　좋아하는 디저트:

　　　빵, 빙수, 아이스크림

▶ 디디

▶ 후니

▶ 싱싱

▶ 재경

▶ 인니

▶ 쪼리

▶ 쟈

사는 것(live)과
사는(buy) 일

월간
소비
리뷰

살까 말까의 갈림길에 섰을 때

이정표를 보듯 이 문장을 꺼낸다.

"매일 쓰는 것이 예뻐야 해."

"월간 리뷰는 하고 싶은데…. 일기도 안 쓰고, 사진도 잘 안 찍는 사람이라 대체 뭘 보고 회고를 해야 할지 모르겠다."

비슷한 생각을 하는 기록 초보 친구들에게 추천하는 회고 루틴 중 하나는 '소비 기록'으로 하는 월말 결산'이다. 무엇을 사는 데 돈을 쓰는가. 소비 기록은 한 사람에 대해 많은 것을 말해준다. 취향, 라이프스타일, 가치관.

나의 경우 돈을 경제적으로 쓰는 사람은 아니다. 특히 소비를 할 때 가성비를 전혀 따지지 않아서, "이 돈 주고 살 만한 물건은 아니지 않아?", "그 돈을 모아서 차라리 명품 가방을 하나 샀겠다"라는 말을 종종 듣는다. 가치관의 차이에서 오는 괴리다. 나는 물건의 객관적인 품질, 대중의 평가보다 '나에게 얼마나 큰 만족감을 줄 수 있는가'를 더 중요하게 생각한다. 농담 반 진담 반으로 "물건을 사는 게 아니라 기분을 사는 거야"라고 말하기도 한다.

물론 원래부터 이렇게 확고한 신념을 가지고 있었던 건 절대 아니고, 소비 회고를 하면서 조금씩 나에게 맞는(나를 기분 좋게 하는) 소비 패턴을 깨닫게 됐다.

언젠가 카드 명세서를 보다가 내가 너무 휘발되는 것들, 겉으로 보여지는 것들에만 돈을 쓰고 있다는 생각이 들었다. 카페에 가면 3만 원쯤은 우습게 쓰지만, 3만 원짜리 바디워시 앞에서는 망설였고 하룻밤에 20만 원이 넘는 숙소는 호탕하게 예약했으면서, 매일 덮고 자는 이불을 바꾸는 데는 인색했다. 향 좋은 바디워시는 매일 나를 행복하게 했을 텐데. 질 좋은 이불로 바꿨으면 침대에 누울 때마다 만족스러웠을 텐데. 그런 깨달음을 얻은 뒤에는, 살까 말까의 갈림길에 섰을 때 이정표를 보듯 이 문장을 꺼낸다. "매일 쓰는 것이 예뻐야 해."

월간 소비 리뷰를 하는 방법은 간단하다. 카드 사용 내역이나 자주 사용하는 온라인 쇼핑몰 주문 기록을 찬찬히 살펴본다. 카드 명세서나 은행 입출금 내역에는 자세한 품목이 표기되지 않기 때문에 쇼핑몰 기록을 함께 보는 편이 좋다. 요즘은 대부분의 쇼핑몰에서 카카오톡으로 결제 내역을 전송해주니 그것을 활용해도 된다.

내가 하는 월간 소비 리뷰가 가계부 쓰기와 가장 다른 점은 모든 소비를 기록하지 않는다는 점이다. 한 달간 했던 소비 중 의미 있었던 소비만 선별하여 기록한다.

내 발에 맞는 운동화를 찾기 위한 여정

이해를 돕기 위해 소비 회고 샘플 하나를 가지고 왔다.

> 난데없이 달리기의 매력에 빠져 매일 뛰는 나날이다. 부상 방지를 위해 내 발에 꼭 맞는 운동화를 신는 게 중요하

다고들 하기에 제대로 된 러닝화 하나 사려고 마음먹었다. 그래! 헬스장 등록한다 치고 돈 좀 쓰자. 예산도 나름 두둑히 챙겼다. 근데 운동화 하나 사는 데 무슨 과정이 이렇게 복잡한지. '내전화'니 '쿠션화'니 어려운 전문용어를 보자 머리가 아파졌고, 비싸고 별점 높은 운동화가 좋은 운동화려니 하고 대충 아무거나 샀다. 결과는? 대 실패. 발등이 높은 내 발의 특성과 상극인 신발이라 뛰는 도중 신발끈이 자꾸 풀어졌다. 아이고, 아까운 내 돈. 신발은 역시 인터넷으로 사면 안 돼. 전문가의 도움을 받아보자. 그래서 이번에는 매장으로 직접 갔는데, 직원이 입사한 지 얼마 안 되었는지 러닝화에 대해 나만큼의 지식도 없었다. 게다가 다소 무성의한 타입. 그래도 이미 이것저것 신어본 터라 그냥 나갈 수는 없고, 긴가민가하며 하나를 골라 나왔다. 결과는? 역시나 실패. 발볼이 너무 넓어서 나에게 너무 큰 신발이었다.

하…. 세상에 쉬운 일이 하나도 없다. '사는 것(live)'부터 '(물건을) 사는 일'까지 인생의 모든 단계에는 공부가 필요하다. 나에게 맞는 물건이 뭔지, 어떤 조건을 만족시켜야 하는지, 어디에 가면 살 수 있는지. 손품을 팔고 발품을 팔고 직접 체험해보면서 공부해야 한다. 'No study no gain'인 것이다.

언젠가 친구가 했던 쇼핑 명언이 떠올랐다. "예쁜 옷은 입고 싶은데 쇼핑하기가 너무 귀찮아." 징징거리는 내게 강도영은 단호하게 말했다. "그럼 너는 예쁜 옷을 입을 자격이 없는 사람이야." 아아. 구구절절 맞는 말입니다. 선생님.

기계치가 전자기기를 사기 전에 하는 일들

매사에 적극적이고 뭐든 열심히 하는 타입의 인간인 내가 유독 작아지는 순간이 있다. 전자기기를 사러 갔을 때다. 평소에 기계에 별로 관심이 없는 터라 용량이니 화소니 사양이니 하는 전문용어를 들으면 괜히 주눅부터 든다. '제가 뭘 원하는지 저도 잘 모르겠어요'라는 표정으로 서 있으면, 보다 못한 점원분이 이것저것 권해주시는데 그중에서 그나마 디자인이 마음에 드는 것으로 골라 산다. 이렇게 비싼 물건을 이렇게 대충 사도 되나 싶을 정도로 수동적인 쇼핑이다. 당연하게도 대충 산 물건은 대체로 만족스럽지 않다. 잘은 모르지만 그래도 최신형 기기가 낫겠거니 싶어서 산 블루투스 이어폰은 통화 음질이 너무 떨어져서 불만족. 큰맘 먹고 산 태블릿 PC는 화면이 너무 작아 작업하기 불편해서 고이 모셔만 두고 쓰질 않는다.

　이런 비합리적인 소비생활을 끝내준 은인은 바로 '유튜브 선생님'이시다. 전자기기를 리뷰하는 '테크 유튜버'의 존재는

진작 알고 있었지만 어쩐지 심리적으로 거리감이 느껴져 영상을 직접 찾아본 적은 없었다. 전공 책에서 시험 문제가 출제된다는 걸 머리론 알지만 막상 펼쳐보긴 싫은 감정과 비슷한 이유에서였다. 그러다 알고리즘의 추천으로 '주연'이라는 테크 채널을 알게 됐다. 마침 그즈음 휴대폰을 바꾸려고 하던 차라, 새로 나온 기기 리뷰 영상을 보는데 생각보다 어렵지 않고 재밌었다(사실 채널의 주인이 예쁘고 매력적인 것도 큰 몫 했다). 그 영상을 보고 나니 다른 전문가 선생님들은 어떻게 이 물건을 평가하는지 궁금해졌다. 물건에 대한 평가란 결국엔 주관적인 법이므로. 그렇게 영상 몇 개를 찾아보고 나니 내게 필요한 사양의 물건이 무엇인지 대충 알 것 같았다. 그 어느 때보다 가벼운 마음으로 전자기기 매장에 가서 새 휴대폰을 골랐다. 그동안은 최신형 기기를 사면서도 '이게 진짜 나한테 필요한 기능이 맞나?', '괜히 낭비하는 거 아닌가?' 확신이 없었는데, 이번에는 예습을 충분히 했기에 돈을 쓰면서도 기분이 좋았다.

이번 소비를 통해 깨달은 삶의 지혜

1. 예습을 약간만 하면 쇼핑의 주도권을 내가 가질 수 있다. 주도권을 쥐고 하는 쇼핑은 그렇지 않은 쇼핑보다 훨씬 즐겁다.

2. 같은 물건을 사더라도 내가 사고 싶어서 능동적으로

'고른' 것과, 타인에 의해 등 떠밀려 산 것은 만족도가 다르다.

3. 쇼핑 후에도 '어떻게 하면 이 물건을 잘 써먹을지' 공부해보자. 같은 돈으로 최대의 효용 가치를 누릴 수 있다.

내 취향을 촘촘히 알아가는 기쁨

여기에 무수한 실패를 겪으며 깨우친 교훈 하나만 더 얹어보자. 열심히 공부하고 부지런히 발품 팔아 손에 넣은 '좋은 물건'은 반드시 그만한 값어치를 한다. 내 몸에 꼭 맞는 원피스를 찾는 일은 결코 쉽지 않지만, 그런 옷을 입으면 특별한 일이 없어도 매일을 기념일처럼 설레는 기분으로 보낼 수 있다.

그뿐만 아니라 어떤 물건은 일상에 그것을 들이는 것만으로 생활을 바꾸어놓기도 한다. 사실 나는 잘하고 싶은 분야가 생기면 덜컥 장비부터 사버리는 '장비병 말기 환자'다. 글 쓰는 사람이 되고 싶다고 생각함과 동시에 고급 노트와 필기구부터 사서 쟁였고, 첫 책을 계약하자마자 고가의 타자기를 들였다. 요리에 관심이 생기고 나서는 60만 원이 넘는 주물 냄비부터 질렀다. 이런 나의 소비 습관이 유치한 허영처럼 보일 수 있다. 완전히 아니라고는 못 하겠다. 하지만 전문가용 장비를 인생에 들인 덕분에 글 한 편이라도 더 썼고, 할 줄 아는 요리 하나라도 더 늘어난 건 사실이다.

　얼마 전 스마트폰 스크린 타임을 살펴보다가, 내가 온라인 쇼핑을 하는 데 상당히 많은 시간을 쓰고 있다는 걸 알게 됐다. 특별히 살 물건이 없어도 여러 쇼핑 플랫폼을 오가며 구경하는 습관 때문인 듯하다. 온라인 쇼핑하는 데 쓰는 시간이 아깝다거나 고쳐야 할 습관이라고는 생각하지 않는다. 쇼핑은 취향을 다듬고 안목을 키우는 일이란 입장이다. 미술관이나 전시회에 가서 작품을 감상하듯, 아름다운 물건은 구경하는 것만으로 즐겁다. 그리고 그 과정에서 내 취향에 대해 촘촘하게 알게 되기도 한다. 장바구니에 담긴 물건들을 보면 브랜드는 달라도 대체로 결이 비슷하다. 이렇게 평소에 '쇼핑 훈련⑴'을 열심히 해두면 진짜 필요한 물건이 생겼을 때 헤매지 않고 좋은 물건을 찾을 수 있다는 장점도 있다.

how to
셀프
아카이빙

돈을 쓰는 행위에 대해 막연히 죄책감이 느껴질 때가 있다. 이미 써버린 돈인데 괜히 후회하지 않기 위해서 나는 소비 기록장에 이런 이름을 붙여 정리한다. 얼핏 낭비인 것 같지만 결국 나를 기분 좋게 해주었던 소비는 '나에게 하는 선물' 시트에, 다시 생각해도 후회스러운 소비는 '인생 공부 수업료' 시트에 넣는다.

1. 나에게 하는 선물

호텔 침구 구독 서비스

2022.9.8

158,200 원(4회)

언젠가 호텔 침구 구독 서비스가 있다는 SNS 광고를 보고 혹했었는데 기분 전환 겸 시도해봤다. 2주에 한 번 배송해주고, 한 번 배송하는데 39550원이니 일주일 이용료가 2만 원쯤 되는 셈이다. 편의점 맥주 8캔을 덜 마시는 대신, 침구 관리의 스트레스를 덜었으니 나로서는 아주 만족스럽다. 베개 커버를 자주 안 갈면 얼굴에 뾰루지 나는데, 귀찮아서 못 하고 있었거든. 무엇보다 침대에 누울 때마다 바삭바삭 기분 좋은 소리가 나서 기분 좋다. 수면의 만족도도 아주 높아짐!

날짜	내용	비용	비고
2022.09.03	폴로 셔츠 두 벌	283000	배달 음식을 줄여야겠다고 결심했고 지난달에 배달 음식을 거의 시켜 먹지 않았다. 그렇게 아낀 돈을 어디에 써야 할까 고민하다가 폴로에서 셔츠 들임. 좋은 셔츠를 한 벌 가지고 싶다는 생각이 늘 있었는데, 친구들과 여주 아울렛 놀러간 김에 구매.
2022.09.06	더현대에서 민소매 원피스 삼	179100	온라인에서 샀으면 할인을 받았겠지만, 그날 당장 새 옷이 입고 싶었다. 이 원피스를 입은 나 마음에 들어. 그럼 됐어!
	크리드에서 어벤투스 포 허 삼	160000	한 번쯤 말도 안 되게 비싼 향수를 사보고 싶었다. 원래 30만원이 넘는데, 회사에서 추석 상품권 받은 것 보태서 저렴하게 구매. 사람들이 좋은 냄새 난다고 말해줘서 기뻤다. 나는 인정에 미친 사람인가.
2022.09.08	시월 후니 디디와 제주 도행 비행기표 끊음	217500	원래는 안식월 때 후니 디디가 오는 거였는데 안식월 취소하는 바람에 짧은 여행만 하게 됐다. 9월 초까지만 해도 나 진짜 비행기 탈 수 있을까 싶을 정도로 정신 위생이 안 좋았는데 지금(10월 초)은 그런 걱정은 안 된다. 다행쓰.
2022.09.17	한남동 소품샵에서 친구에게 파우치 선물	37800	아무 날도 아닌 때 친구에게 평소에 자주 쓸만한 물건 선물하기. 선물 볼 때마다 내 생각해줄 거라 기분 좋다.
중략			
2022.09.27	오전 반차 후 러닝	0	나에게 투자하는 시간. 근데 무료!
2022.09.28	휘슬락 호텔 예약	78700	친구들과 함께할 제주 여행. 하루 일찍 내려가서 혼자만의 시간 보내기로 함.
2022.09.29	바테일러(위스키 바)에서 혼술	150000	집 근처에 단골 위스키바가 생겼다. 바텐더들 얼굴이 익숙하니 혼자 술을 마시러 가도 마음이 편안하다.
2022.09.30	a.c 퍼치스 잎차-인디안 차이	19000	집에 각종 차가 아직 많이 남아 있지만, 성수동 카페에서 예쁜 틴 케이스에 담긴 차가 있어서 하나 샀다. 다음에 또 사고 싶을 정도로 마음에 듦. 내 취향의 차를 늘려가는 기쁨이 있다.

2022년 9월 소비 회고 일부를 가지고 왔다. 9월은 '나에게 하는 선물' 시트가 아주 풍성하다. 정서가 좋지 않아 객관적으로 보면 과소비를 잔뜩 한 한 달이었지만, 다르게 말하면 매일 나에게 선물을 준 건데 뭐. 돈으로 기분을 살 수만 있다면. 돈으로 해결되는 기분이라면. 그것보다 더 반가운 일은 없지. 참, 나에게 하는 선물 탭에는 꼭 돈을 쓴 내역뿐만 아니라 '오직 나를 위해 쓴 시간'도 함께 기록한다. 이를테면 '오전 반차를 내고 한 러닝' 같은 것. 시간이든 돈이든 소중한 것을 쓰는 행위가 선물이니까.

다음 달 나에게 줄 선물 후보

1. 위스키/ 모트락 16
2. 델픽 티팟
3. 이솝 오일 버너
4. A2 사이즈 액자(서재용)
5. 생화 리스

월간 소비 리뷰와 동시에 해두면 좋은 것! 위시리스트 월말 결산. 사고 싶었지만 아직 사지 못한 물건은 다음 달 '나에게 하는 선물' 후보에 넣어두곤 한다. 치사하고 수치스러운 일을 겪었을 때, 인생에 좋은 일이 하나도 없는 것 같을 때, 나에게

셀프 금융 치료를 해줄 수 있는 사람이 되고 싶다. 사실 돈은
그러려고 버는 것이다.

2. 인생 공부 수업료

시트의 이름은 거창하지만 사실 바보 같았던 순간들을 모아
둔 것이다. 나는 부자가 아니고, (누구나 그렇겠지만) 정말 힘들게
돈을 벌기 때문에, 소비가 실패하면 화가 난다. 그것을 단순히
실패나 실수로 정의하면 나 자신이 미워지니까 나름의 교훈
이라도 붙여보는 것이다. 그리고 실제로 이 방법은 꽤 효과가
있다. 여전히 바보 같은 소비를 자주 하지만, 예전과 비교하면
많이 현명해졌다. 언제나 '왜 그랬니'보다는 '다음부터 그러
지 말자'가 더 생산적인 법이다.

날짜	내용	비용	비고
2022.09.07	안다르 집업	56000	러닝할 때 입을 집업 샀는데 색도 그닥 맘에 안 들고 무엇보다 크다. 조금 귀찮더라도 줄자로 신체 사이즈를 재보고 인터넷 주문해야 함. 그게 반품하는 것보다 덜 귀찮음.
2022.09.08	캐스티파이 카메라 케이스 삼	60000	캐스티파이 케이스 충동적으로 하나 더 삼. 이건 안 사도 됐을 것. 비슷한 물건 두세 개씩 사서 쟁이는 버릇이 있는데 대체로 만족스럽지 못하다.
2022.09.25	술값 계산	137800	주말인데 혼자 있긴 싫어서 아무나 만남. 만나고 나면 늘 마음이 가난해지는 친구인데 만날 사람이 없어서 만났다. 빨리 헤어지고 싶어서 내가 먼저 계산하고 일어나자고 했다. 외로울 때 아무나 만나면 후회한다! 인생 공부함.
2022.09.30	나이키 운동복	79000	나이키 매장 가서 운동복 입어보다가 밝은색 옷인데 화장이 묻어서 구매. 그것이 내가 묻힌 것인지 이미 묻어 있었던 것인지는 밝힐 수 없으나 실랑이 하기 싫어서 그냥 샀다. (사실 페이스마스크도 쓰고 있었는데ㅠㅠ) 사이즈도 안 맞아서 후회했지만 교훈을 얻음. 밝은색 옷은 피팅하기 전에 옷에 뭐가 묻었는지 반드시 확인하자!

우리
안 해본 짓을 하자!

월간
경험
리뷰

"난 한 번도 안 해봤던 걸 하고 나면

　그 전하고는 다른 사람이 돼 있던데."

　　　　　　　-드라마 〈나의 해방 일지〉 중

몇 해 전부터 매년 다짐하는 새해 목표 중 하나는 "안 해본 짓을 하자"다. 적어도 한 달에 한 번은 과거의 나라면 절대 하지 않았을 의외인 선택을 하려고 한다. 이를테면 한 번도 입어본 적 없는 파격적인 디자인의 옷을 덜컥 산다든가, 휴대폰을 집에 두고 1박 2일 여행을 떠난다든가.

누구나 그렇듯 나에게도 '삼십 대의 나'에게 기대하는 이상적인 모습이 있었다. 여유로운 어른이 되고 싶었다. 지나고 보면 아무것도 아닌 일에 너무나 쉽게 당황하고 매번 혼비백산하여 소리치며 도망가는 아기 고라니 같은 삶을 청산하고 싶었달까.

웬만한 일에는 표정 하나 바뀌지 않고 침착하게 대처하는 언니들에게 "어떻게 하면 언니처럼 멋있어질 수 있냐"고 물으면, 그녀들은 자연스럽게 웃으며 "나이 먹어서 그래"라고 답했다. 그리고 약속이나 한듯 "인생은 서른부터야. 서른부터 진짜 재밌어진다"고 덧붙였다.

하지만 현실은 역시나. 나이 앞자리가 3으로 바뀐 것 말고는 모두 그대로였다. 나는 왜 나이를 먹어도 내공이 안 쌓일까. 심지어 점점 더 재미없는 사람이 되어가는 것 같았다. 회사와 집을 오가며 답 없는 신세한탄을 하는, 그저 그런 직장인의 전형. 왜 이렇게 되어버렸지. 언니들, 삼십 대부터 진짜 재밌어진다면서! 책임져요.

나는 매달 경험을 저축한다

"아무것도 안 하면 아무 일도 일어나지 않는다." 어느 날 SNS 에서 이 말을 보고 육성으로 외쳤다. "아 맞네?" 누구나 할 수 있는 뻔하고 흔하고 당연한 말이지만, 당시의 나에게 꼭 필요한 메시지라 더 크게 와 닿았다. 사실 우리에게 필요한 깨달음들은 이미 도처에 널려 있다. 다만 그것을 붙잡을 각자의 계기가 필요할 뿐. 이제 보니 나는 안전한 선택만 반복하고 있었다. 이미 한 번 해본 일, 잘할 수 있는 일만 골라서 했다. 서른씩이나 됐는데 여전히 서툰 아기 고라니라는 사실을 들키고 싶지 않았기 때문이다. 덕분에 나의 세상은 조금도 넓어지지 않고 늘 제자리였다. 무릇 내공이란 산전수전 공중전을 겪으며 이것저것 해본 사람만이 가질 수 있는 훈장이거늘. "내공은 어디 가면 살 수 있나요?" 멍청하게 눈만 껌뻑이고 있었으니. 바보 같았다. 이제라도 알았으니 다행이다.

이제는 의식적으로 '안 해본 짓'들을 하고 있다. 매달 경험을 저축한다는 느낌으로 작은 도전을 한다. 물론 겁쟁이가 감당할 수 있는 안전한 모험의 범위 안에서 움직일 뿐이지만, 월말에 결산을 하다 보면 알게 된다. 경험에 대한 이자가 조금은 붙었구나. 인생의 내공이 조금은 쌓였구나.

드라마 〈나의 해방 일지〉에는 이런 대사가 나온다.

"한 번도 안 해봤을 거 아니에요. 난 한 번도 안 해봤던 걸 하고 나면 그 전하고는 다른 사람이 돼 있던데."

정말이다. 안 하던 짓을 하면 다른 사람이 된다.

경험 저축의 룰은 간단하다.

1. (앞서 말한 것처럼) 매달 '안 해본 짓'을 한 건 이상 경험한다.
2. 매달 말일에 이번 달에 저축한 경험 내역을 점검하고, 그에 합당한 깨달음 이자를 매긴다.

이자는 상황에 따라 들쭉날쭉하다. 어떤 경험은 인생의 터닝 포인트가 될 만큼 유의미한 깨달음을 주기도 하지만, 어떤 경험은 별다른 소득 없이 '그냥 ○○ 한 번 해본 사람'이 되는 것에 그치기도 한다. 하지만 깨달음이 크든 작든 어쨌거나 넣어두면 인생의 내공이 차곡차곡 쌓이는 시스템이다.

경험 저축: 태어나서 처음으로 거품 목욕 해봄

"욕조 있는 룸으로 드릴까요?" 이제껏 숙소의 옵션을 선택할 때 '욕조의 유무'는 딱히 중요한 고려사항이 아니었다. 어차피 안 쓰기 때문이다. 몇 주 전, 결혼식 참석차 광주에 갔다가 한 호텔에 묵게 됐고, 내 의사와 상관없이 욕조가 있는 방을 배정 받았다(남은 방이 욕조방밖에 없었던 모양). 11월의 남쪽 여행이었으므로 당연히 따뜻할 거라 예상했는데 보기 좋게 빗나갔다. 얇은 원피스 차림으로 하루 종일 떨었더니 으슬으슬 감기 걸리기 일보 직전이었다. 그때 오늘 묵을 방에 욕조가 있다는 사실이 번뜩 떠올랐다. 따뜻한 물에 몸을 담그면 얼마나 기분이 좋을까. 그래 오늘 밤엔 욕조 목욕을 하자! 생각이 여기까지 흐르니 이왕 이렇게 된 거 입욕제까지 넣어 제대로 즐겨야겠다 싶었다. 러쉬에서 입욕제 결제하면서 살짝 고민하긴 했다. '목욕 한 번 하는데 2만 원 넘게 쓰는 게 맞나? 사치 아닌가?' 그리고 그 의심은 반짝반짝 빛나는 보라색 거품에 한쪽 발을 넣자마자 사라졌다. 따뜻하고 향긋하고 포근한 거품에 안겨 있으니 '그래! 내가 이러려고 돈을 벌지'라는 말이 절로 나왔다. 그래서 다들 호캉스 가서 거품 목욕하는 사진을 그렇게 올리는 거구나.

깨달음 이자

① **목욕의 즐거움을 아는 어른이 됨**

거품 목욕의 맛을 알아버린 나는 서울로 돌아오는 길에 간이 욕조부터 주문했다. 거품 입욕제도 종류별로 사서 쟁였다. 목욕을 특별한 날에만 즐길 수 있는 이벤트가 아니라,

매일의 작은 기쁨으로 만들기 위함이었다. 유난히 힘든 날엔 '집에 가서 거품 목욕 해야지'라는 생각으로 버틴다. 우울은 수용성이라 따뜻한 물에 목욕을 하면 씻겨 내려간다는 말이 있다. 그런데 그냥 따뜻하기만 한 게 아니라, 향기롭고 반짝이는 거품까지 함께한다면? 과장 조금 보태서 이겨내지 못할 피로는 없다고 봐도 된다.

② 겨울이 조금은 견딜 만해짐

겨울이 싫다. 추운 곳에 잠깐만 서 있어도 폐 안쪽까지 순식간에 차가워지기 때문이다. 한기가 한번 돌고 나면 뒤늦게 따뜻한 곳으로 대피해도 소용이 없다. 추운 기운은 그렇게 쉽게 가시지 않는다. 오한을 잠재우는 데 특효약이 하나 있다. 바로 따뜻한 물에 몸을 담그는 것이다. 목욕 만세! 덕분에 겨울이 조금은 견딜 만해졌다.

경험 저축: 과감한 디자인의 코트 질러봄

스물아홉에 산 노란 코트는 큰맘을 먹어야 할 만큼 꽤 비싼 코트였다. 팔을 뻗으면 종이비행기 모양으로 펼쳐지는 무겁고 특이한 옷. 아무래도 무난한 디자인은 아니라 삼십대가 입기엔 너무 유치한 거 아닌가, 금방 못 입게 되는 거

새로운 디자인의 코트를 구입하는 것도 경험을 저축하는 일이다.

아닌가 고민됐다. 평소 같으면 당연히 오래 입을 수 있는 클래식한 디자인의 코트를 골랐겠지만, 그달의 경험 저축 분량을 채우기 위해 질렀고(경험 저축도 벼락치기로 하는 나), 서른넷이 된 지금까지 잘 입고 있다.

깨달음 이자: 진짜 멋쟁이 마인드를 갖게 됨

누군가 "코트 새로 사셨나 봐요"라고 말하면 "네, 멋지죠?" 하고 받아치면 된다. "좀 과하죠? 혹시 너무 나잇값을 못하는 것 같아 보이나요?" 이런 말은 할 필요가 없다. '옷 잘 입는 사람=스스로 멋지다고 생각하는 사람'이다.

나이에 맞는 옷차림이 따로 있나? 내 눈에 예뻐 보이는 옷을 입으면 된다.

경험 저축: 태어나서 처음으로 빗속을 달려봄

달리기 생활을 시작하기 전까지는 여름 장마가 이렇게 긴 줄은 몰랐다. 그냥 비가 오면 '오는구나' 하고 무덤덤하게 넘겼던 것 같다. 그런데 러너에게 장마는 그야말로 암흑기다. 오늘도 비가 온다고? 벌써 일주일째라고! 그럼 대체 언제 뛸 수 있어. 끝없이 절망하던 7월의 어느 날 아침. 오늘은 아무리 비가 퍼부어도 뛰고 말겠다고 결심했다. 그리고 운동화 끈을 단단히 묶고 빗속으로 뛰어들었다(우산은 당연히 쓸 수 없다). 처음엔 물구덩이를 밟지 않기 위해 조심조심 뛰었으나 얼마 지나지 않아 운동화가 다 젖어버렸다. 그래서 에라 모르겠다 심정으로 첨벙거리며 신나게 달렸다. 다 젖어버리니 이렇게 자유롭구나.

깨달음 이자: 비로부터 자유로워지는 방법

이제 비가 와도 슬프지 않다. 비가 오면 맞으면 된다. 나는 내가 비 맞는 걸 싫어하는 줄 알았다. 그게 아니라 아끼는 옷이, 가방이, 물건이 망가지는 게 싫은 거였다. 젖어도 괜찮은 옷(쉽게 마르는 운동복)을 입고 달리는 건 얼마든지 괜찮다. 비로부터 자유로워지는 방법은 비를 좋아해버리는 것이구나.

지난여름 우중 달리기 현장. 나중에는 비가 너무 세차게 내려서 빗물 때문에 눈앞이 안 보였다. 지붕 아래서 잠시 쉬는데, 먼저 나와 산책하던 강아지가 반겨주었다. 혀가 아주 따뜻했어.

나쁜 일도 다 경험이 되더라

가끔 내가 의도하지 않았지만 경험하게 되는 것들도 있다. 주로 나쁜 일이 그렇다. 그런 경험들도 물론 저축 대상이 된다.

경험 저축: 태어나서 처음으로 회항을 경험해봄
집 앞 편의점에 감귤 초콜릿 사 먹으러 가듯 제주를 들락거리는 베테랑 여행자인데, 회항은 처음이다. 폭설이 내릴

예정이라는 예보를 보았으나 '설마 비행기가 못 뜨겠어'
라고 쉽게 생각했다. 실제로 비행기가 뜨긴 떴다. 착륙을
못 해서 그렇지. 몇 번의 착륙 시도가 이어진 끝에 기장님
이 회항을 결정했고, 내가 탄 비행기는 제주도까지 왔다가
다시 김포로 돌아갔다. 이번 여행을 함께할, 그리고 나와
다른 비행기를 탄 친구는 이미 제주 공항에 도착해서 나를
기다리고 있다는데 어쩌지. 김포에 도착하면 뭐부터 어떻
게 수습해야 하지?

깨달음 이자: 비행에 대한 다양한 지식을 습득함

① 같은 기상 상황이라도 어떤 비행기는 비행에 성공하고,
   어떤 비행기는 결항이 된다. 비행 성공 여부는 포털과
   공항 홈페이지에서 확인할 수 있다.

② 기상 악화 시 큰 비행기일수록 착륙 성공률이 높다. 회
   항 당시 나는 하필 소형 항공기를 타고 있었고, 실제로
   같은 시간에 제주에 도착한 비행기 중 내가 탄 비행기
   만 회항했다.

③ 결항 또는 회항 시 티켓 값은 자동 환불된다. 항공사 카
   운터에서 '결항 확인서' 받아 숙소나 렌터카 업체에 제
   출하면 예약 취소를 해주기도 한다(업체마다 다른 듯).

차라리 결항이 낫지. 회항은 정말 절망적이다. 흑흑.

how to
셀프
아카이빙

1. 절대로 하지 않을 일들의 목록

소설가 김영하는 '절대로 쓰지 않을 이야기들의 목록'을 따로 만들어 보관한다고 한다. '이 이야기를 써야겠다!'라고 생각 하면 마음이 무거워져서 이런저런 현실적인 조건을 따져보게 되고 포기할 확률이 높아지는데, '절대로 쓰지 않을 이야기' 라고 정해버리면 어차피 쓰지 않을 거니까 제한 없이 생각을 펼칠 수 있다는 것이다. 그런 허무맹랑한 아이디어들을 모아 뒀다가 나중에 영감이 필요할 때 꺼내서 보면 의외로 유용하 게 쓸 수 있다고. 그의 히트작《살인자의 기억법》또한 '절대 로 쓰지 않을 이야기들의 목록' 출신이라고 한다.

여기에 슬쩍 숟가락을 얹어 나는 '절대로 하지 않을 일들의 목록'을 만들어보라고 권하고 싶다. 버킷리스트, 위시리스트 와는 결이 좀 다르다. 몇 달 안에, 몇 년 안에 이루고 싶은 소망 을 배제하고, 실현될 가능성이 아주 적은 일들을 그냥 적어만 보는 것이므로 상대적으로 마음이 가볍다. 거창한 의미를 가 져다 붙이지 않아도 된다.

내 성격에 절대로 선택할 리 없는 낯선 선택지를 잔뜩 만들어두고, 인생이 권태로워서 견딜 수 없을 때 열어보는 거다. 그 중엔 이런 항목도 분명 있을 거다. '이 정도 모험이라면 못할 것도 없는데?' 자 그럼, 일탈을 위한 지도도 준비되었으니 뛰어들기만 하면 된다. 우리의 인생은 앞으로 재밌어질 일만 남았다.

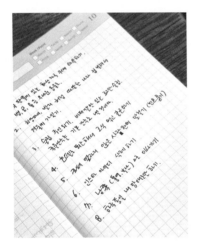

절대로 하지 않을 일들의 목록

2. 일탈 자금 모으기

몇 년 전에 '화날 때마다 1818원씩 저축하는 챌린지'가 유행했었다. 예상보다 많은 돈이 금방 모여서 웃기고 슬펐다는 후기가 SNS에 종종 올라왔었다. 재미로 해보는 챌린지였지만,

부정적인 감정을 해소할 수 있는 좋은 아이디어였다.

나도 개인적으로 비슷한 챌린지(?)를 하고 있다. 심심할 때, 사는 게 지루할 때, 권태롭다 못해 내 자신이 시시하게 느껴질 때, 비상금 통장에 만 원씩 입금한다. 이렇게 차곡차곡 일탈 자금을 모아놓으면, 나중에 진짜 일탈이 필요할 때 꽤 든든한 빽(!)으로 활용할 수 있다. 무언가에 도전하고 싶지만 금전적인 부분이 마음에 걸릴 때 일탈 자금 통장이 이렇게 말해줄 것이다. "돈은 준비되어 있으니 너는 용기만 내면 돼!" 말하자면, 현재의 내가 미래의 나에게 주는 복지인 셈.

현재 나의 일탈 자금 통장에는 700만 원 정도가 모여 있다. 남은 건 산티아고 순례길이든 치앙마이 한 달 살기든 떠날 용기를 내는 것뿐이다.

3

사람하고
일하고
말하고

지금
좋아하는 사람과
만나고 있나요?

월 간

사 람

리 뷰

좋은 사람들을 만나야 좋은 사람이 될 수 있다.

부정적인 사람들과 오래 어울렸다면,

나는 아마 지금과는 아주 다른 사람이 되어 있을 것이다.

어느 해 연말이었나. 유독 약속이 많은 한 달이었다. 캘린더를 보니 거의 매일 약속이 있었다. '이렇게 많은 사람을 만나고 있는데 나는 왜 공허하고 외롭지?' 이런 생각이 들고 나서부터는 '김혜원(내 이름) 출입자 명부'를 적는다. 말 그대로 '나'라는 인간을 방문하고 간 사람들을 기록해두는 것이다.

주로 약속을 마치고 집으로 돌아가는 길에 엑셀 모바일 앱을 켜서 날짜와 이름, 만남 후 내게 남은 기분 등을 간략하게 적어둔다. 사적으로 만난 사람, 일로 만난 사람, 출근길에 만난 택시 기사님, 단골 식당 점원 등. 꽤 많은 사람의 이름이 출입자 명부에 적힌다.

한 달 단위로 출입자 명부를 결산한다. 좋아하는 사람들과 의미 있는 만남을 자주 가진 달도 있지만, 의무감으로 만난 이들과 무의미한 시간으로 채운 달도 있다. 이 회고 과정을 통해 알게 된다. 아, 이래서 공허했구나. 다음 달엔 사람을 좀 덜(더) 만나야겠구나. 좋아하는 사람들과 시간을 조금 더(덜) 보내야겠구나.

날짜	출입자	만남 목적	특이사항
2022-10-13(목)	콘텐츠 제작팀 팀원들	성훈님 송별회	코로나와 함께 출범한 우리 팀은 회식을 거의 안 한다. 누군가 회사를 떠나는 때만 회식을 한다. 오늘은 성훈님 송별회였다. 헤어지는 게 아무렇지 않을 리는 없지만 그래도 행복해지려고 나가는 거니까 다들 응원해줬다. 후배들이 많이 취해서 괜히 나도 들떴다. 함께 있는 사람들이 불편하면 늦게까지 술을 마시지도 않고, 취하지도 않는다는 것을 누구보다 잘 알고 있기 때문이다. 이날 팀장인 척하느라 의젓하게 팀원들 택시 태워 보내고, 집 가까운 친구는 집 앞까지 데려다 줬는데, 나중에 찍은 동영상 보니 내 목소리도 만만치 않게 취해 있었다.

날짜	출입자	만남 목적	특이사항
2022-10-14(금)	no one	재택근무	재택근무 하면 정말 아무도 안 만나는 날이 있다. 목소리 한 번 낼 일이 없는 날이다. 웃지도 울지도 않는다. 이런 시간이 필요한 사람도 있겠지만 나는 아무도 못 만나면 진공 속에 빠지는 기분이 든다. 노 원 노 바디인 날이 너무 길어지지 않도록 출근이라도 자주 해야지.
2022-10-15(토)	소호 17번지 사장님들	바에서 혼술	아침에 뛰고 집에서 글 쓰다가 이러다간 오늘도 아무도 못 만나고 혼자 있겠다 싶어서 집 근처 바에 갔다. 운이 좋게도 토요일인데 손님이 나밖에 없어서 사장님들이랑 친해짐. 아림 언니(그새 언니가 됨) 작업실에 올라가서 강아지랑 놀고 그림 구경도 했다. 이렇게 가볍고 다정한 관계들 좋다.
2022-10-16(일)	인천 가족들	엄마 생신	엄마 생신이라 인천 집에 다녀왔다. 파리바게트 케이크 대신 나폴레옹 제과점 케이크 샀더니 엄마가 앞으로는 이렇게 맛있는 케이크로 부탁한다고 하심. ㅎㅎㅎ 엄마 아빠를 실망시키지 않고 이렇게 오래오래 좋은 관계를 유지하고 싶은데. 될까. 그러고 보니 엄마 아빠랑 이틀 이상 같이 있어 본 지가 십 년이 넘은 것 같다.

　함께 시간을 보내는 사람은 그날 하루, 길게는 인생 전반에 많은 영향을 미친다. 누구와 있느냐에 따라서 먹는 음식이 바뀔 수도 있고, 기분이 달라질 수도 있다.

　지난가을 디저트를 좋아하는 귀여운 친구와 함께 여행을 했는데, 아주 달콤한 경험을 했다. 나는 평소에 디저트를 즐기지 않아서 여행지에 숨은 디저트 고수를 만나는 즐거움에 대해선 알지 못했다. 식후 디저트 타임이 찾아올 때마다 친구는 미리 준비해온 디저트 지도(여기서부터 벌써 너무 귀여워…)를 꺼내 골목 깊숙한 곳에 있는 비밀 장소로 나를 안내했다. 평소에 자주 가던 동네였는데도 그 주변에 디저트 맛집이 그렇게 많은 줄은 전혀 몰랐다. 디저트 박사와 함께한 덕분에 늦게 가면 다

팔리고 없다는 파이부터 한 시간씩 기다려서 먹는다는 푸딩, SNS로만 봤던 구움 과자까지 풀코스로 맛볼 수 있었다. 나의 디저트 취향에 대해서도 구체적으로 알 수 있었다. 나는 '겉바속촉' 디저트를 좋아한다! 무엇보다 버터와 설탕이 녹아 달콤한 냄새를 풍기는 공간에 머무는 즐거움을 알게 됐다.

또 자주 만나는 사람은 나의 가치관이나 무의식에도 영향을 준다. 나와 오랫동안 함께 일해온 선배는 이런 말을 자주 한다.

"문제가 생겼다고 과도하게 자책할 필요는 없어요. 어차피 피할 수 없었을 거예요. 문제가 존재하지 않는 평화로운 상태는 잘 없거든요. 언제나 문제 한두 개는 있기 마련이에요. 문제가 생기면 해결하면 돼요."

문제가 생기면 해결하면 된다. 당연한 말이지만 위기의 상황에서 막상 이런 태도를 갖긴 어렵다. 내 장점 중 하나는 멋진 걸 보면 일단 따라 해본다는 것이다. 일이 조금이라도 잘못되면 패닉에 빠지던 사회 초년생은 어느새 팀장이 되었고, 여전히 문제가 생기면 심장이 터질 듯이 긴장하지만 짐짓 의연한 척 팀원들에게 이렇게 말한다. "괜찮아요. 해결하면 돼요."

좋은 동료와 일해야 좋은 사람이 될 수 있다. 부정적인 상사와 오래 일했다면 나는 아마 지금과는 아주 다른 사람이 되어 있을 것이다.

나에게 잘해주는 사람이 좋은 사람

타인에게 느끼는 감정은 생각보다 빠르게 휘발된다. 일상을 집어삼킬 만큼 강렬했던 감정도 별것도 아닌 일로 식고, 틀어지고, 상해버린다. 그러고 보면 사람도 사랑도 믿을 게 못 된다. 오직 상황만이 존재할 뿐.

감정이 사라진 자리엔 무엇이 남을까. 나의 경우 공허함이 남는 것 같다. 누군가를 열렬히 좋아하다가 어느 날 갑자기 식어버렸을 때. 반대로 어떤 사람이 너무 미워서 잠을 못 잘 정도로 괴로워하다가 그보다 더 중요한 일이 생겨 서서히 관심을 잃게 됐을 때. 평생을 함께할 친구라고 생각했던 이와 멀어졌을 때. 어쩐지 좀 무안하고 허무했다. 어차피 결국엔 다 남이 될 관계라면 매일 몇십 통이 넘는 연락을 주고받고, 시간 쪼개 만나고, 경조사를 챙기는 일이 다 무슨 소용인가.

그럼에도 불구하고 타인에게 감정을 쏟게 되는 건 자연스러운 일이다. 더군다나 끝난 후에 공허해질 것이 두려워 마음을 덜 쓰는 건 내 스타일이 아니다.

어떻게 하면 덜 후회할 수 있을까? 내가 쓴 감정을 아까워하는 좀생이에서 벗어날 수는 없을까? 고민하다 시도한 방법이 '이달의 사람'을 뽑아 글로 남기는 시스템이다. 고운 정이든 미운 정이든 나를 스쳐간 사람들을 글로나마 남겨두려는

지극히 글쟁이스러운 발상이다. 먼 훗날 남이 되더라도 지금 이 순간 우리의 감정은 글로 남아 있을 테고, 그러면 마음이 좀 덜 가난해질 것 같아서 관계를 아카이빙 하는 심정으로 작업한다.

이달의 사람을 선정하는 기준은 전적으로 내 마음이다. 나한테 잘해주는 사람이 좋은 사람. 나를 서운하게 한 사람은 나쁜 사람이다. 기분에 따라 공동 수상자만 다섯 명이 넘는 달도 있고, 수상자가 없는 달도 있다.

잊기 전에 기록하세요 '이달의 사람'

무언가에 대해 쓰기 전 감정이 가라앉을 때까지 잠시 묵혀두는 게 나의 원칙이지만, '이달의 사람'을 기록할 때만은 감정이 끓고 있는 순간(주로 만남 직후)에 호다닥 쓰는 편이다. 잠깐만 미뤄도 고마움이나 미안함 같은 감정은 금세 다 휘발되어버린다.

여기서 지켜야 하는 단 하나의 룰은 날짜를 반드시 함께 기록할 것. 지금 남긴 마음이 언제까지 유효할지 누구도 장담할 수 없으므로 조건을 붙이는 것이다. '좋아해' 대신 '오늘의 네가 좋아' 정도로. 조금 비겁한가. 흥. 어쩔 수 없다. 내 기록이니 내 마음이다.

이달의 사람: 유희수/2022.11

희수와 둘이 있는 채팅방에 '혹시'라는 단어를 검색하면, 나에게 무언가를 주고 싶어 하는 희수의 다정한 메시지가 잔뜩 나온다. 왜 뭘 주면서 그렇게 조심스러워 하냐고 물어봤었는데, '혹시' 상대가 그 음식을 싫어할 수도 있으니 그렇단다. 뼛속까지 사려 깊은 사람 같으니라고.

희수는 좋아하는 친구들에게 맛있는 걸 먹이고 싶어 하는 사람. 내가 슬퍼 보이면 집으로 초대해 따뜻한 음식과 술을 내어주는 사람. 따뜻할 때 먹어야 맛있는 부침개가 식을까 봐 안절부절못하며 입에 넣어주는 사람.

최근에 희수가 놀자고 할 때마다 바쁜 애인마냥 계속 거절했는데 (진짜로 바빴다. 흑흑) 급한 일 마무리되면 꼭 먼저 데이트 신청해야지.

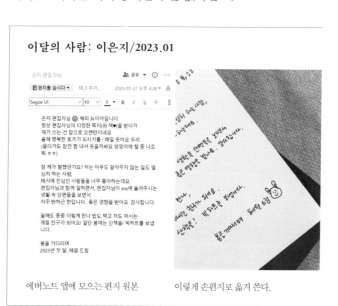

한 달에 한 번 편지 쓰기

가끔 편지나 쪽지의 형태로 '이달의 사람'을 기록하기도 한다. 나는 편지를 쓸 때 컴퓨터로 초고를 쓴 다음 종이에 옮겨 적는 다. 이유는 내가 쓴 편지를 나중에 다시 읽고 싶기 때문에!

고백: 나쁜 이유로 '이달의 사람'에 오르는 분도 종종 있습 니다. 그 기록을 책에 공개할 수는 없지만요!

이달의 사람: 이은지/2023.01

에버노트 앱에 모으는 편지 원본   이렇게 손편지로 옮겨 쓴다.

how to 셀프 아카이빙

이십 대 때는 스스로의 정체성을 "사람 좋아한다"로 규정하는 친구들이 많았던 것 같은데. 요즘 주위를 둘러보면 '사람에 질린' 친구들뿐이다. 나 또한 사람이라면 누구나 좋다고 안기던 '인간 댕댕이' 시절을 거쳐 "나는 사람이 싫어. 인생은 결국 혼자야"를 외치는 그저 그런 어른이 됐다.

그럼에도 불구하고 사람 때문에 생긴 상처는 사람으로 치유된다고 하던가. 인생 혼자 사는 것 같지만, 나 혼자 잘해서 여기까지 온 것 같지만, 아니다. 최악의 순간 내 손에 초콜릿 한 알, 커피 한 잔 쥐여준 사람들이 없었다면 분명 나는 더 깊고 어두운 곳으로 가라앉아 버렸을 거다.

인간관계에 대한 고민은 아마도 죽기 전까지 계속될 것이다. 그래도 가능한 한 후회를 덜 하는 방향으로 관계를 쌓아가기 위해 아래와 같은 습관들을 실천하고 있다. 여기서 대전제는, 선택과 집중. 하나, 좋아하는 사람에게 잘하자. 둘, 좋아하는 사람에게 집중하기 위해서 건강하지 못한 관계는 정리하자!

1. 다정 대출

인간은 자신이 (해)준 것만 기억하고 받은 것을 쉽게 잊는다. 호의가 계속되면 받는 걸 권리처럼 여기기도 한다. 그렇게 되고 싶지 않아서 기록해두는 것이 '다정 대출'이다. 기본적으로 많이들 쓰는 '감사 일기'와 비슷한 역할을 한다. '다정 대출' 내역을 쓰다 보면 덜 외로워진다. 나는 혼자가 아님을, 세상에는 나를 생각해주는 사람도 많다는 것을 새삼 깨닫게 된다. 고마움을 갚기 위해서라도 부득부득 살아야 한다는 다짐도 하게 된다.

그런데 왜 '대출'이냐. 계산적으로 보일 수도 있겠지만, 사실 내게 닿는 다정들이 다 빚이라고 생각한다. 지금 당장 내게는 이 위기를 극복할 에너지가 없으니까 나를 좋아해주는 사람들에게서 빌려다 쓴 셈이다. 다들 각자의 삶을 지탱하는 것만으로 버거울 텐데 내게 애정과 에너지를 쏟아주었다는 게 너무 고맙고, 그 마음은 꼭 이자까지 쳐서 갚고 싶다.

10월 다정 대출

이름	내용
이재흔	재흔이랑 제주도에서 좋은 시간을 보냈다. 재흔이는 술도 많이 안 마시는데 이틀 내내 나랑 술 마시느라 고생했을 것. 재흔이가 여행 중에 좋은 말도 많이 해주었다. "언젠가 꽤 오랜 시간이 지난 뒤에 '아? 나 이제 진짜 완전히 괜찮네!'라고 생각되는 날이 올 거야."

이름	내용	
정동주	내가 혼자 있는 걸 힘들어 해서 동주가 한동안 우리 집에 와 있었다. 동주네 회사는 잠실. 동주네 집도 잠실. 우리집은 정릉. 출퇴근 하려면 도시 간 이동을 하는 것만큼이나 힘들었을 텐데. 만나서도 계속 우울한 이야기만 하게 돼서 내가 계속 미안해했더니, 그러지 말라고 했다. 자기는 내가 행복해지면 그걸로 다 됐다고. 동주에게 힘든 일이 생기면 만사를 제치고 꼭 달려가야지.	
이인수	술 마시고 자꾸 인수한테 전화로 주정을 하게 된다. 새벽 세 시에 전화해도 자다가 일어나서 주정을 받아준다. 사실 나는 한밤중에 술 마신 친구에게 전화가 오면 받지 않는 얌체 타입의 인간이다. 하지만 인수에게 전화가 온다면 꼭 받겠어. 참고로 인수는 나보다 아홉 살이나 어린 친구다. 역시 물리적으로 나이가 많다고 어른이 되는 건 아닌가 봐.	
이시은	내가 밥도 못 먹고 말라가고 있을 때 본죽 기프티콘을 보내주면서 뭐라도 먹으면서 하라고 해줌.	

친구들에게 받은 다정 대출

(그런 일이 없었으면 좋겠지만) 친구들에게 힘든 일이 생기면 당연한 듯 나를 찾아와 오래전 빌려준 다정을 받아 갔으면 좋겠다. 물론 그들이 날 찾기 전에 내가 먼저 두 손 가득 다정을 들고 대기하고 있을 참이다.

2. 만남 리뷰

약속이 생기면 '투 두 메이트'라는 앱에 일정을 적고, 귀가 길에 완료 버튼을 누른다. 동시에 오늘의 만남이 어땠는지 나름대로 복기를 해본다.

구 직장 동료 현 친구 경민이와 만났다

그리고 만남에 대한 '감정 일기'를 앱에 간단하게 남긴다. 주로 이모지를 이용해서 다음과 같이 기록한다.

2022년 12월 ✓ 191 ♥ 7					‹ ›	월
월	화	수	목	금	토	일
			1	2	3	4
💙	6	7	😭 8	🙃 9	10	11
5	😝 13	14	15	🖤 16	🖤 17	🐶 18
12						

이날의 대화 내용이 어쩐지 좀 쓸쓸한 것들이어서 약간 슬펐다. 그렇지만 좋은 만남이었으므로 파랑 하트. 경민이랑 이야기하고 나면 나도 몰랐던 내 마음이 명쾌해진다. 다음에 만날 땐 둘 다 즐거운 이야기 충전해서 오기로 약속했다.

만남 리뷰를 통해 어떤 관계에 집중해야 할지, 누구와 거리 두기가 필요한지 점검해볼 수 있다. 세상엔 좋은 영향을 주고받는 관계도 많지만, 누군가의 마음을 녹슬게 하는 건강하지 못한 관계도 있다. 그런데 어른의 신분으로 맺는 관계는 보통 관성적으로 이어지는 경우가 많다. 만나고 나면 찜찜한 모임에 계속 나가는 일이 그렇고, 생일 알람을 보고 그저 책임감에 영혼 없는 선물을 보내는 관계가 그렇다.

과거에 친밀한 관계였지만 각자의 상황이 변해서 본의 아니게 서로에게 스트레스만 주고 있다면 일단 멈춰야 한다고 생각한다. 거리 두기가 필요한 시점인 것이다. 보통 '생각할 시간'이라는 걸 연인 사이에서만 갖는데, '생각할 시간'은 모든 관계에 필요하다는 입장이다. 심지어 가족 사이에도 '거리 두기', '생각할 시간'이 필요하다. 스트레스를 유발하는 사람을 계속 봐야 한다면 관계는 더욱 악화되고 말 것이다. 특별한 노력을 하지 않고 일단 덜 보는 것만으로 회복되는 관계도 있다.

일 잘하는
어른이 되고 싶다

월 간

업 무

리 뷰

내 직장 생활의 역사는

요령 있는 사람들을 흉내 내는 것으로 시작한다.

요령: 일을 하는 데 꼭 필요한 묘한 이치. 또는 적당히 해 넘기는 잔꾀.

사회생활을 시작하고 나서야 내가 요령이 부족한 사람이라는 사실을 깨달았다. 학생 때까지는 잘하고 싶으면 그냥 열심히 하면 됐다. 처음엔 남들보다 좀 뒤처지더라도 시간을 많이 들여 끝까지 계속하면 결국엔 잘하는 사람이 되어 있었다. 수업 내용이 따라가기 어려우면 밤을 새서 나머지 공부를 하면 그만이었다. 세상엔 의외로 '끝까지', '계속', '열심히' 하는 사람이 별로 없다. 그런 식으로 성적을 받고 성과를 내며 지냈다.

그런데 일과 공부는 전혀 다른 종류의 미션이라 이제껏 내가 해왔던 방식으로는 '일 잘하는 사람'이 되기 어려웠다. 비즈니스의 세계에서는 제한된 시간 안에 일정 수준 이상의 결과물을 뽑아내는 사람이 일을 잘하는 사람이다. 시간은 곧 생산성의 문제로 이어지기 때문이다. 즉, 열심히 하는 사람보다는 요령 있는 사람, 일일이 가르치지 않아도 알아서 잘하는 일머리를 가진 사람이 조직에 더 필요한 인재다. 일평생을 방망이 깎는 노인의 태도로 살아온 나는 새로운 생존법을 익혀야 했다.

그리하여 내 직장 생활의 역사는 요령 있는 사람들을 흉내내는 것으로 시작한다. 일머리가 없다는 사실을 절대로 들키고 싶지 않았기에 언제나 곁눈질로 동료들을 부지런히 관찰

했다. 다른 부서에 업무 요청을 할 때는 이렇게 말하는 게 예의구나. 섭외 멘트는 저렇게 써야 하는구나. 전화로 의사결정을 한 뒤에는 같은 내용을 이메일로 보내서 기록을 남겨둬야 하는구나. 회의를 주최할 때는 참석자들에게 안건을 미리 알려줘야 회의가 일찍 끝나는구나 등등. 선배들이 알면 좀 징그러워할 것 같은데, 선배들이 보낸 메일이나 메신저 대화를 복사해서 따로 모아뒀었다. 돌발 상황에서 뭐라고 답장을 보내야 할지 모르겠을 때 참고서처럼 그 폴더를 펼쳐보곤 했다. 입사 후 몇 년간은 포켓몬의 심정으로 직장을 다녔던 것 같다. '빨리 새로운 기술을 익혀서 진화해야 해.'

올해로 직장 생활을 한 지 10년이 됐다. 어떻게 한 회사에 10년이나 다닐 수 있었을까? 여기서 배운 것들이 내 인생에 도움이 될 거란 믿음이 있었기 때문이다. 회사에서 하는 일을 가만히 뜯어보면 커리어에 엄청난 도움이 될 만한 일은 생각보다 많지 않다. 물론 회사 일로 자아실현을 하기도 어렵다. 대부분은 자잘한 업무들, 소위 말하는 '짜치는 일'인데, 나는 작은 성취에 큰 의미를 부여하는 성향의 사람이라 그런 일들을 하면서 '소진된다'는 느낌을 받지 않았던 것 같다(물론 일하기 싫다고 자주 징징거리긴 합니다). 실제로 직장 생활을 통해 나는 이전보다 더 요령 있고 위기대처 능력이 발달된 사람이 됐다. 그 점이 아주 마음에 든다.

이를테면 이런 식이다. 유료 구독제 미디어를 운영하게 되면서 CS 업무도 일부 맡게 됐다. PG사(전자 결제 대행사) 홈페이지에 들어가 환불을 요청한 독자의 결제를 취소하는 방법을 배웠다. 회의실에서 나오면서 후배와 이야기했다. "와, 우리 나중에 자영업 하면 이거 유용하게 써먹겠는데?" 비록 우리는 자영업자가 될 계획이 없고, 에디터 커리어에 CS 업무는 그다지 도움이 되지 않지만 이렇게 의미를 부여함으로써 뭔가 '남긴' 기분이 든다. 월급 이외에 무언가 '남는' 기분을 유지할 수 있었기 때문에 나는 회사에 계속 다닐 수 있었다. 이제 와서 말이지만 이 또한 하나의 큰 재능이라고 생각한다. '작은 성취'일지라도 하찮게 여기지 않는 것.

. . .

매일 생계를 위해 어딘가에 출근해 일하고 있다면, '일에 관한 월말 리뷰'만은 꼭 해봤으면 좋겠다. 엄청난 성과를 내거나 대단한 프로젝트를 하는 사람에게만 회고가 필요한 것이 아니다. 오히려 '나의 의미'를 잃은 사람, 내 삶이 회사의 '부품'처럼 느껴지는 사람에게 더 도움이 될 루틴이다. 현실적으로 당장 직장을 그만둘 수 없다면 덜 불행하게 일할 수 있는 방법을 찾아야 하니까.

나의 의미를 잃었을 때, 월간 업무 아카이빙

우선 나는 업무일지(없다면 업무용 메신저!)를 보면서 한 달간 어떤 일들을 했는지 기록한다. 이때 핵심은 아무리 작은 일이라도 적어두는 거다. '협업 요청 메일 거절 답장하기', '주간 회의 참석하기'처럼 사소한 일도 다 적는다. "내가 한 달간 이렇게 많은 일을 해냈구나. 장하다!"라고 말하기 위한 작업이다. 사실 일을 해서 밥을 벌어먹고 살고 있는 것만으로 칭찬받아 마땅하지 않나 싶다.

유머러스한 성격으로 대중에게 알려진 미국의 물리학자 리처드 파인만 일화 중 이런 게 있다. 대학원생 시절 첫 논문 발표회를 앞둔 파인만은 이번 세미나에 노벨상을 받은 여러 교수가 참석할뿐더러 아인슈타인 박사까지 참석한다는 이야기를 듣게 된다. 세미나 당일 엄청나게 긴장한 파인만 앞에 아인슈타인이 나타났고 "자네가 오늘 발표할 학생인가? 마실 차가 준비되어 있다고 들었는데. 차가 어딨지?"라고 물었다. 파인만이 "차는 저기 있습니다"라고 답했다. 파인만은 이 별 볼 일 없는 문답을 자신의 책에 굳이 적었다. 다음과 같은 코멘트와 함께. "일단 아인슈타인의 첫 번째 질문엔 답을 했음."

그다음 이 일을 수행하는 과정에서 뭘 배웠는지 써본다. 딱히 별다른 소득이 없는 것 같아도 쥐어짜보면(!) 업무 이전에는 할 수 없었던 일인데 이제는 할 수 있게 된 일이 하나쯤은 있다. 하다못해 '다음부터는 이딴 일은 절대로 받지 말아야지'라는 깨달음이라도. 이건 회사에 제출해야 하는 성과 보고서가 아니라 나를 위한 회고이니까 철저하게 나에게 '남은 것'을 기준으로 업무 리뷰를 하면 된다.

11월 업무 아카이빙

업무	배운 점
기업 특화 보고서 작성	다음부터 • 보고서 작성 전 미팅 진행 필수(줌 미팅이라도 꼭!) /보고서 배포 대상이 누구인지, 목적이 무엇인지 꼼꼼히 취재. • 샘플 원고 전달 후 포맷 확정하고 이후 단계 진행하기. • 디자인 작업 되도록이면 우리 회사가 맡도록. 분량 및 이후 작업을 하기가 어려워진다. • 통글을 좋아하지 않음 /영역을 되도록 잘게 쪼개라.
2022 팀 운영 결산 보고서 작성	팀플할 때도 팀장 역할 절대절대 안 했었는데. 가계부도 안 쓰던 사람이 팀 운영이라니. 익숙하지 않은 일이라 많이 헤맸지만 그래도 큰 문제없이 1년을 잘 굴렸다. 2022년 시작할 때는 큰 그림이 전혀 보이지 않았지만 2023년은 대략 어떻게 꾸려가야 할지 감이 온다는 것도 성장 포인트. 팀장으로 일하니 통제적인 성향이 더 강하게 드러난다. 원래도 예측 가능한 범위 안에서 일하는 걸 중요하게 생각하는데. 혼자 일할 때보다 변수가 ×6으로 많다 보니 예민해진다. 문제를 하나도 만들지 않을 수는 없고. 문제가 생겼을 때 잘 해결하는 방향으로 마음을 조금 풀어야 할 것 같다. 다음부터 • 팀원 면담은 11월에 미리미리 합시다. 12월엔 다른 페이퍼 작업으로 정신 없음. • 팀 도전 목표는 되도록 3분기 안에 달성하도록. 11월에 새로운 도전하고 동시에 2022 결산하느라 밤새고 난리도 아니었다.

업무 아카이빙의 일부

사이드 프로젝트를 계속하는 힘

아마 이 책을 읽는 독자님 중엔 생계를 위한 일 이외에 '개인적으로 하는 일', '사이드 프로젝트'를 진행하고 있는 분들도 많을 것으로 예상한다. 글을 쓰는 사람, 뉴스레터를 만드는 사람, 온라인 스토어를 운영하는 사람, 운동 모임을 주최하는 사람 등. 각자 개인 작업을 하는 나름의 이유도 분명히 있을 거다. 자아실현을 위한 일일 수도 있고, 부수입을 얻기 위한 n잡일 수도, 미래를 위한 투자일 수도, 단순히 재미를 위해 벌인 일일 수도 있다.

개인 작업의 장점은 생계와 직결되지 않는 일이므로 비교적 자유롭게 내가 하고 싶은 일에 도전해볼 수 있다는 점이다. 하지만 역설적이게도 생계와 직결되지 않는 일이라 본업이 조금만 바빠지거나 개인 사정이 생기면 쉽게 포기하게 된다. 그래서 개인 작업을 할 때는 일정 주기로 회고를 하며 성취감을 얻는 것이 중요하다. 누가 시켜서 하는 일이 아니라 스스로 짬을 내서 해야 하는 일이니까 작은 성취감이라도 있어야 프로젝트를 계속할 수 있다.

▼김영사에 기고

6월 1일 '요즘 멋쟁이는 나 옷 뭐 살지 투표해줘'라고 묻는다'라는 글을 매거진 G에 기고했다. 생각보다 글이 잘 써져서 뿌듯.

▼〈달면 삼키고 쓰면 좀 뱉을게요〉 발간

5월 5일엔 책 인쇄 시작!

신지&난다 작가님한테 추천사 받았다. 올해의 뿌듯함.

5월 14일 신지 선배가 대흥마이에서 출간파티 해줌.

달삼쓰뱉 예스24 에세이 베스트 순위 87위

아주 잠시지만 베스트셀러 딱지가 붙어 있었음. ㅎㅎ

▶현대계열사 사보에 루틴으로 외고 썼다.

▶무신사 테라스에 〈작은 기쁨 채집 생활〉 전시

▼〈나는 전생에 개였던 것 같다〉 일기떨기 팟캐스트에 일기 진출

일기떨기에 산책 일기 냈던 거 너무 좋았던 기억. 일기로 번 첫 돈이다. 10만 원이지만. 의미 있었음. 일기로 돈 벌고 싶어. 돈을 더 많이 주는 청탁도 많지만. 내 이야기가 아니면 쓰고 나서 별로 즐겁지가 않다. 하기 싫은 일은 이미 충분히 많이 하고 있으니, 개인 작업은 가능한 마음이 끌리는 일을 하는 것으로.

▶〈주말의 캠핑〉 발간

▶〈작은 기쁨 채집 생활〉 5쇄

▶〈달면 삼키고 쓰면 좀 뱉을게요〉 2쇄

how to
**셀프
아카이빙**

1. 질문 카드

일을 하다 보면 잘 몰라도 적당히 아는 척 넘어가는 상황이 종
종 있다. 이렇게 사소한 것도 모르냐는 비난을 받을까 봐 두렵
기 때문이다. 그리고 무엇보다 다들 너무 바빠 보여서 뭘 물어
보는 상황 자체가 민폐처럼 느껴진다.

어떤 마음인지 백번 이해하지만, 그런 두려움은 하루 빨리 극
복해야 한다. 질문하기가 두려워서 특정 업무를 완벽하게 파
악하지 못한 채로 넘어가는 일이 반복되면…. 일명 '물경력'
이 쌓인다. 연차는 높은데 능력은 신입사원과 다를 바 없는 상
태 말이다. 물경력자가 된다는 것은 '오갈 데 없는 처지'가 된
다는 뜻이다. 참담하다.

그럼에도 불구하고 질문할 용기가 나지 않는다면! 마음속에
질문 카드를 다섯 장 만들어두고, 이번 달 안에 다 쓰겠다는
목표를 세워보면 어떨까. 유효 기간이 얼마 남지 않은 쿠폰이
라고 생각하면 아까워서 어떻게든 쓰고 싶어질지도 모른다.

사실 동료들에게 조언을 구하고 피드백을 받는 일은 어디까
지나 우리가 같은 회사, 같은 팀에 속해 있기 때문에 가능한

일이다. 대부분의 실무자는 '우리'가 아닌 이에게 노하우를 공유하지 않는다. 그러니 '우리가 우리'일 때 질문 카드를 알차게 활용해야 한다.

김혜원/콘텐츠제작...   2022-12-27
저 그럼 질문 하나만더
홍승우/미디어센터/대학내일과(와) 대화

김혜원/콘텐츠제작...   2022-12-27
안하셨으면 질문 한개만 해도 될까염
홍승우/미디어센터/대학내일과(와) 대화

서재경/콘텐츠제작팀/대학내일 2021-11-09 오후 3:55
이제 파트에 엑셀 천재 두 명 됐네요 Z원 희연

박지원/콘텐츠제작팀/대학내일 2021-11-09 오후 3:55
엑셀 전담 1팥..!
♥ 1

                                    2021-11-09 오후 3:55
                        훌륭하네요! ㅋㅋㅋ열심히 배울게요

한 회사를 10년이나 다녔지만 아직도 익숙하지 않은 일이 잔뜩이다. 선배에게도 후배에게도 질문을 자주 하는 편

'이번에 확실하게 배워서 다음부터는 귀찮게 하지 않으리라.' 늘 결심한다. 시간 내서 노하우를 전수해줬는데 다음에 같은 내용을 또 묻는 건…. 민폐가 맞다.

        2022-03-08 오후 4:32
        선배 시간내서 과외해주셔서 감사합니다.!

                    선배 구런데.. (질문 추가..)

질문 카드 사용 후엔 반드시 고마움을 표현하자. 질문에 친절히 답해주는 건, 훌륭한 동료들이 베푼 호의이지 권리는 아니다.

2. 안 해본 일(비즈니스) 도전하기

월간 업무 리뷰를 하며 꼭 체크해봐야 할 것! '같은 업무만 너무 오랫동안 하고 있진 않은가.' 3년 이상 같은 업무를 반복하고 있다면 변화가 필요한 시점이라고 생각한다. 시장 상황은 매순간 빠르게 바뀌고 있는데 나 혼자 멈춰 있는 건 아무래도 위험한 일이니까. 톱니바퀴 1이 아니라 나름의 커리어를 쌓고 싶다면, 새로운 일에 발이라도 담가보는 편이 유리하다.

물론 비즈니스의 세계는 평가의 연속이다. 괜히 익숙지 않은 일에 도전했다가 고생만 하고 내 약점을 들키는 불상사가 생길 수도 있다. 그렇지만 시장에서 도태되는 것보다는 낫다는 입장이다. 일단 도태되어버리면 그때 가서 마음을 바꿔먹어도 상황적으로 기회가 주어지지 않는다. 회사 안에서 새로운 업무를 경험할 수 없다면 사이드 프로젝트라도 시도해보는 것을 추천한다. 내 커리어를 챙겨주는 사람은 오직 한 사람, 나밖에 없다.

참, 안 해본 일에 도전한 달에는 꼭! 월간 업무 리뷰를 해두자. 아마 처음 하는 일이라 실수도 많고 후회되는 부분도 많을 터. 오답 노트를 쓰는 마음으로 꼼꼼하게 기록해두면 그것이 다 나의 커리어가 되어줄 것이다.

내게 닿은
좋은 대화를 모아요

월간

대화

리뷰

09

어떤 말들은 죽지 않고 사람의 마음속으로 들어가 살아남는다.

- 박준,《운다고 달라지는 일은 아무것도 없겠지만》

퀴즈! 적당히 하면 즐겁고, 많이 하면 찝찝하며, 그렇다고 너무 적게 해도 문제인 것은? 한 글자일 수도 있고, 두 글자이기도 하며, 한편으론 세 글자이기도 하다. 정답은…

말, 대화, 이야기.

말을 잘하는 사람들이 부럽다. 무해한 스몰토크를 자유롭게 구사하며 처음 만난 사람과도 자연스럽게 대화하는 이들이 부럽다. 토크쇼에 출연한 배우처럼 자신이 겪었던 일, 나의 매력을 차분하게(그렇지만 재미있게) 이야기할 줄 아는 사람도 부럽다. 또 부당한 대우를 받았을 때 울거나 흥분하지 않고 논리 정연하게 대응하는 싸움꾼(!)들도 부럽다.

짐작하겠지만 나는 확실히 말을 잘하는 축은 아니다. 1년 365일 중 절반은 쓸데없는 말을 너무 많이 했다고 후회하고(술이 문제다), 나머지는 꼭 해야 할 말을 제때에 못 해서 후회한다.

이제 나는 그들을 만나지 않을 것이고 혹 거리에서 스친다 하더라도 아마 짧은 눈빛으로 인사 정도를 하며 멀어질 것이다. 그러니 이 말들 역시 그들의 유언이 된 셈이다. 역으로 나는 타인에게 별 생각 없이 건넨 말이 내가 그들에게 남긴 유언이 된 셈이다.

(중략)

말은 사람의 입에서 태어났다가 사람의 귀에서 죽는다. 하지만 어떤 말들은 죽지 않고 사람의 마음속으로 들어가 살아남는다.

꼭 나처럼 습관적으로 타인의 말을 기억해두는 버릇이 없다 하더라도 대부분의 사람들은 저마다의 마음에 꽤나 많은 말을 쌓아두고 지낸다.

— 박준,《운다고 달라지는 일은 아무것도 없겠지만》

　박준 시인의 책을 읽다가 위 대목에서 숨이 턱 막혔다. 사려 깊지 못한 내가 말로 얼마나 많은 똥을 만들었는지 가늠조차 어렵다. 그것이 나의 유언이 되어 누군가의 마음속에 남아 있다니. 끔찍하다. 그래서 나는 사람들과 나누었던 대화를 자주 복기한다. 친구들과 나눈 시답잖은 카톡 대화도 다시 읽어보고 업무용 메신저나 메일도 복습한다. 한 달에 한 번은 시간을 내서 SNS로 주고받은 댓글도 다시 본다.

　그 과정은 일종의 '거울 치료 효과'가 있다. 이런 말은 하지 말았어야 하는구나. 이런 상황에서 이렇게 말하면 내 기분이 하나도 전달이 안 되는구나. 이때 이 말을 하고 넘어갔었다면 지금 같은 오해는 쌓이지 않았을 텐데 등등. '대화' 회고를 통해 다양한 깨달음을 얻고, 덕분에 달력을 한 장 넘기며 이런

기대를 해볼 수 있다. '이번 달엔 조금은 더 현명한 사람이 될
수 있으려나.'

팀즈(업무용 메신저)를 쭉 다시 보는데, 마음이 급해서 와다
다 내 말만 쏟아내고 정작 팀원들을 이해시키지 못하는 상
황이 꽤 있다. 말하기 전에 심호흡 세 번 하고 '천천히, 천
천히, 천천히' 세 번씩 말해야지.

4. 29. 오후 6:57
싱한테 설명하다보니 다른에디터들도 잘못이해했을수있겠어여

내가 말이 너무 빠른가봄 ㅜ

모두가 치열하게 일하고 있다. 언젠가 우리의 목적지가 달
라져도, 이해관계로 얽혀 다투게 되더라도 '우리'라고 부

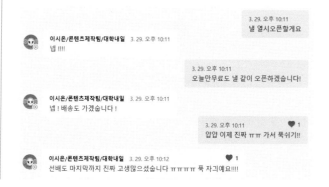

르던 시절을 잊지는 말아야지. 회사 생활 속 반짝이는 따뜻한 순간들을 오래 기억하고 싶다. 사람 때문에 힘들 때 지금의 대화들을 곱씹으면 도움이 될 것이다.

이모지를 너무 많이 쓰니까 진심이 제대로 전달 안 되는 듯하다. 사람이 가벼워 보여. 내가 올리는 게시물뿐만 아니라 생각 없이 다는 댓글을 통해서도 내가 어떤 사람인지가 드러난다. SNS 세계 속에서나 일상 속에서나 더 진중해질 필요가 있다.

moon_light2798 단어냉장고 🌊 너무 좋은표현인 것 같아요!
4주   좋아요 1개   답글 달기

cerulean_woonee @moon_light2798
🌷❤💛💚감사합니다
4주   답글 달기

jay.minnn '여름 바다 냄새' 보자마자 두근거려요 ㅎㅎ 작가님 덕분에 설레는 마음으로 하루 보냅니다. :)
4주   좋아요 1개   답글 달기

cerulean_woonee @jay.minnn 지민님 잘 지내죠🐾🐾 5월 제주사진 기대하구있습니다
4주   답글 달기

나쁜 말들을 없애는 의식

이달의 대화를 회고하며 가장 많이 하는 생각은 물론 '반성'이다. 가끔 내가 대화 리뷰를 하고 있는 것인지 반성문을 쓰

고 있는 것인지 헷갈릴 정도로. 하지만 한 발짝 떨어져서 보니 '이건 내 잘못이 아닌데?'라는 생각이 드는 대화도 있다.

나를 제압하기 위해 일부러 고른 못된 말들, 악의는 없었지만 무례한 말들, 마음에 담아둬봤자 구린 냄새만 풍길 (내 기준) 나쁜 대화들은 과감히 쓰레기통에 버린다.

사실 무언가를 잊거나 지워버리는 일이 생각만큼 쉽지는 않아서 물리적인 리추얼을 하나 만들었다.

① 일단 컴퓨터 메모장에 버리고 싶은 대화 내용을 거칠게 적는다(이걸 기록할 때만큼은 욕설과 비문을 자유롭게 쓴다!). ② 그것들을 '고함 항아리'라고 이름 붙인 폴더에 넣어놓고 한 달간 묵혀뒀다가 ③ 매달 말일에 저장된 파일을 하나하나 휴지통에 넣어 삭제한다. ④ 휴지통 비우기 버튼까지 누르고 나면 정말로 뭔가를 버린 기분이 들어서 후련해진다.

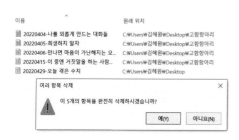

고함 항아리 폴더 삭제!

참고로 '고함 항아리'는 실제로 있는 상품이다. 항아리 모양의 방음 도구로 화날 때 비명을 지르고 싶을 때, 이 도구를 이용하면 이웃에 피해를 주지 않는 선에서 스트레스를 해소할 수 있다고 상세 페이지에 적혀 있다. 나는 말을 하며 스트레스를 풀기보단 글로 해소하는 타입이라 구매하진 않았다.

대화는 지나가도 카톡은 남는다

한편 무심코 흘려버린 대화를 곱씹다 보면 나에 대해 새롭게 알게 되는 측면도 있다. 사실 나는 이 과정이 재미있어서 지난 대화를 추적하는 일을 멈추지 못한다.

나의 상태나 기분을 꼼꼼히 살피며 살고 싶지만 대부분의 날들은 일기 한 줄 적을 정신없이 지나가 버린다. 달력을 넘기며 '이번 달은 대체 뭘 하고 살았지? 하나도 기억 안 나네. 그만큼 별 볼 일이 없었다는 건가'라는 생각이 들 때, 내가 한 달 동안 뭘 했는지 알고 있는 믿을 만한 존재가 하나 있다. 바로 메신저다. 가족, 애인, 친구. 매일 사소한 연락을 주고받는 이들의 대화창을 복습해보면 한 달간 내가 어떤 생각을 하며 어떤 일상을 보냈는지 짐작해볼 수 있다. 야식을 자주 먹었구나(어쩐지 살이 좀 쪘더라니. 잡았다 요놈!). 밤을 자주 샜었구나(다음 달엔 일 좀 줄여야지). 요즘 부쩍 욕이 늘었네(이대로라면 고약한 할머니로 늙을 것이다. 주의하자). 이런 게 눈에 보인다.

엄마와 나눈 카톡 대화

엄마랑 이런 이야기를 할 만큼 나이가 들었다. 엄마가 보내
준 사진을 보니 기분이 이상했다. 사랑받고 자란 티가 나는
애들이 부럽다고만 생각했는데 어렸을 때 사진 보면 나도
엄청 사랑받고 자랐는데, 그냥 기억을 못하는 것 같다.

월간 대화 리뷰에서 빠지지 않는 루틴 하나. 실시간으로
일상을 공유하는 친구들과 함께 있는 채팅방에 '좋아', '행복',
'기쁘다' 같은 단어들을 검색해본다. 나조차도 잊고 있었던 일

상 속 반짝이는 순간들을 발견
할 수 있다. 앞으론 신세 한탄 말
고, 험담 말고, 좋은 이야기를 더
자주 해야겠다고 결심한다.

친구랑 나눈 카톡 대화

how to
셀프
아카이빙

1. 좋은 말 상자

가끔 세상으로부터 환대받지 못했다고 느껴지는 날이 있다. 열심히 공들인 결과물이 좋지 못한 평가를 받았을 때, 친구에게 상처가 되는 말을 들었을 때, 사랑하는 사람이 나를 서운하게 할 때처럼. 그리고 보통 이런 날엔 온갖 종류의 푸대접이 한꺼번에 몰아친다. 식당 직원이 이유 없이 나에게 퉁명스럽게 군다거나 택시 기사님이 짜증을 낸다거나, 혹은 나 자신이 싫어져서 괴로운 날도 있다. 나는 왜 이렇게 못난 걸까. 그릇이 왜 이렇게 작을까. 하는 행동마다 어쩜 이렇게 옹졸할까. 그런 날을 대비해서 준비해두는 게 있는데, 바로 '좋은 말 상자'다. 김신지 작가님의 에세이를 읽고 영감을 받아 만들게 됐다.

여러분에게 닿은 좋은 말을 믿으세요. 사정도 모른 채 쉽게 하는 충고는 잊고, 상처 되는 말은 접어두고… 듣는 순간 여러분을 조금쯤 쑥스러워지게 했던 그 좋은 말들을 딛고 앞으로 나아가세요. (중략) 때로는, 짧은 말 한 마디가 우리를 가장 멀리까지 가게 하기도 하니까요.

- 김신지,《나를 키운 말 한마디》중에서

월간 리뷰를 할 때마다 '내게 닿은 좋은 말'들을 모아서 폴더 하나에 모아둔다. 그리고 마음이 가난해지는 날, 꺼내서 읽는다. 세상엔 좋은 사람이 많고 나를 생각해주는 사람도 많다는 걸 리마인드 시켜주는 효과가 있다.

좋은 말 상자: 오랜만의 휴가를 응원해주는 동료들의 메시지

'좋은 말 상자'를 채울 때 살펴보는 카테고리가 하나 더 있다! 창작물을 통해 받은 코멘트, 칭찬, 응원 메시지도 캡처해서 '좋은 말 상자'에 보관한다. 특히 칭찬 댓글이나 디엠으로 받은 응원 편지 같은 것들은 눈에 가장 잘 보이는 곳(이를테면 바탕화면)에 놓아두었다가 용기가 필요한 날에 다시 읽는다.

10년 넘게 에디터로 일하고 있고, 사이드 프로젝트로 책도 내고 있기 때문에 사실상 매일 뭔가를 만들면서 지낸다. 그리고 나의 일부를 세상에 내어놓는 데에는 매번 커다란 용기가 필요하다. 필요한 순간에 운명처럼 나타나 내게 꼭 필요한 말을 해주는 사람이 있다면 좋겠지만, 그 타이밍을 맞추기란 쉽지 않다. 그렇기 때문에 용기를 셀프 처방할 구급상자를 꾸려두는 것이다.

최근 읽은 <달면 삼키고 쓰면 좀 뱉을게요>가 예상했던 것보다 훨씬 더 좋아서 작가의 다른 책을 구매하게 되었다. 제목은 <작은 기쁨 채집 생활>. 에세이류를 제법 읽어본 나로서는 왜 이 작가의 책들이 베스트셀러가 되지 못했는지 의아할 뿐이다. (제목이 주는 임팩트가 좀 약한가?) 어제는 작가님의 인스타에서 산책에 대한 광기 에피소드에 이어 조용히 실천하는 1인 캠페인을 접했는데 멋지고 귀여웠다. 인간세상을 널리 이롭게 하고자 하는 홍익인간의 정신으로 캡처해 봤다.

책 잘 읽었습니다. 위로가 되고 재밌고 아름다워요. 되게 용감한 분이세요. 겁이 많다고 하시지만 그렇지 않은 것 같아요. 작은 빛들이 모여서 어찌나 찬란한지 내내 어퉁거릴 것 같아요. 더구나 쿡쿡 웃기도 하고요. 안심도 주시고요. 고맙습니다.

좋은 말 상자: 독자에게 받은 응원 메시지

2. 스몰토크 소재 모음

사람은 할 말이 없으면 순간을 모면하기 위해 헛소리를 한다. 그 헛소리엔 타인을 해하는 말도 포함이다. 무해한 대화를 위해서 몇 년 전부터 스몰토크 소재를 모으고 있다. 주로 '감자는 냉장고에 넣으면 파래진대'와 같은 생활 정보나 '지브리 스튜디오 면접 일화' 같은 시답잖은 이야기들이다. 세상에서

제일 쓸데없다는 연예인 걱정, 자극적인 가십, 주변인 험담은
제외한다.

스몰토크 - 생활 정보

☐ 감자는 냉장고에 보관하면 파래진다.

☐ 집안일에도 골든타임이 있다(일기떨기 17화/썸을 너무 오래타면 사
귈 수 없게 되는 것처럼).

☐ 수가 높은 수건이 뽀송하다(수건을 직접 샀을 때 비로소 내 살림이라
는 감각이 있음).

☐ 동은 면적이 아니라 인구수로 나눔(나의 해방 일지/서울 사람의 기
준/우리 동네라는 감각).

☐ 걸을 때 마음을 안정시키는 세로토닌이라는 신경전달물질이
나온다고 한다.

☐ Crown Shyness - 나무의 꼭대기 가지들이 서로 닿지 않게 간
격을 유지하며 자라는 것.

최근에 열심히 모으는 스몰토크는 '일상 속 귀여운 에피
소드'다. 사는 게 힘든 것만 같지만 가만 보면 피식 웃음을 짓
게 하는 귀여운 상황들이 수시로 발생한다. 누군가 "요즘 어
떻게 지내? 재밌는 일 없어?"라고 물었을 때 무의미한 신세

한탄을 하는 대신 "나, 되게 귀여운 에피소드 있어"라고 산뜻하게 답하는 게 목표다. 그래서 귀여운 이야기를 들으면 후다닥 메모 앱을 켜고 기록해둔다. 원래 나이가 들면 재미있는 이야기를 많이 아는 순으로 인기가 있지 않나? 이야기꾼 할머니처럼! 나는 오래 전부터 꾸준히 노인대학 인기짱을 노려왔다.

귀여운 에피소드 예시 1

회사 선배한테 들었는데 애기들은 엄마 아빠 말버릇을 그대로 따라 한다고 하더라? 지난번엔 배달을 시켰는데 라이더 분이 초인종을 누르니까 애기가 현관으로 막 뛰어가서 소리를 지르더래. "놓고 가주세요~!" 너무 귀엽지 않아?

귀여운 에피소드 예시 2

우리 동네에 꼬치구이 파는 위스키 바가 생겨서 갔다 왔거든? 근데 보통 위스키 바에서 꼬치구이를 팔진 않잖아. 꼬치 굽는 게 워낙 손이 많이 가니까. 그래서 사장님한테 어쩌다 위스키랑 꼬치구이를 같이 팔게 됐냐고 물어봤는데, 그 계기가 엄청 귀여웠어.

사실 사장님이 이 근처에서 대학을 나왔는데, 축제 때 닭꼬치 굽기 담당이 됐대. 태어나서 처음 꼬치를 구웠는데

'나 재능이 있나?' 싶을 정도로 잘하더래. 남들 한 개 구울 때 다섯 개씩 동시에 굽고 그랬나 봐. 축제 놀러온 동네 주민 한 분은 이런 칭찬도 했대. "내가 꼬치를 너무 좋아해서 이 동네 꼬치집에 다 가봤는데. 총각이 구운 꼬치가 제일 맛있다. 나중에 꼬치집 차려요. 내가 먹으러 갈게."

주민 분은 그냥 기분이 좋아서 한 칭찬일 수도 있겠지만, 그 칭찬이 이상하게 계속 생각이 났다나 봐. 그래서 진짜로 꼬치집을 차리게 됐다고. 좀 무모하지 않냐고 웃으시는데, 난 대단하다는 생각이 들더라고.

신기한 얘길 하나 더 들었는데, 장사 시작하고 얼마 안 돼서 어떤 손님 한 분이 사장님을 계속 빤히 보더래. 속으로 '왜 그러시지?' 생각했는데 나중에 계산할 때 "우리 알지 않아요?"라고 했다는 거야. 알고 보니 그때 축제 때 꼬치집 차리라고 칭찬해줬던 주민 분이었던 거야. 그분이 진짜로 꼬치구이 마니아였는데 동네에 꼬치집이 생겼다고 해서 와봤던 거지. 둘 다 이렇게 다시 만난 게 너무 신기해서 한참 얘기했다고 하더라고. 그래서 이 이야기의 교훈은? 칭찬은 한 사람의 인생을 바꾸기도 한다!

4

머물고
찍고
반복하고

내가
장소를
기억하는 방법

월간

장소

리뷰

∨ ∨ ∨

좋은 장소를 경험하는 일은

좋은 친구를 사귀는 일만큼이나 귀한 일이구나.

하루의 기분을 좌우하는 요소 세 가지를 꼽아볼까. 날씨, 사람 그리고 장소! 나는 이 세 가지의 영향권에서 결코 벗어나지 못한다. 햇볕을 제대로 쬐지 못하면 시들어버리고, 결이 맞지 않는 사람과 있으면 높은 확률로 소화불량에 시달린다. 또 불만족스러운 장소는 불만족스러운 하루로 이어진다.

안타깝게도 날씨와 사람(타인)은 나의 노력으로 어찌할 수 없는 영역의 것이다. 받아들여야 한다. 하지만 장소는 다르다. 조금만 부지런을 떨면 근사한 장소에 머물 수 있다.

서울 시청 옆 정동길에 좋아하는 카페가 하나 있다. 마당이라고 불러야 할까. 건물과 건물 사이 작은 공간을 정원처럼 꾸며두었는데, 그 안에 흐르는 분위기가 비범하다. 치앙마이 같기도 하고 유럽 어느 골목 같기도 하고. 묘하게 자유와 해방감의 정서가 흐르는 공간이다. 그런 곳에 가면 '장소가 주는 힘'을 새삼 실감한다.

아, 좋은 장소를 경험하는 일은 좋은 친구를 사귀는 일만큼이나 귀한 일이구나.

내가 그 카페에 가는 날은 주로 내 삶이 시시하게 느껴지는 날이다. 사무실에서 버스로 20분, 도보로 한 시간 거리에 있는 비상구로 달려가서 연어 샌드위치를 주문하고 늘 앉는 자리에 앉는다. 예술적인 활동을 하는 것, 미술 작품을 감상하는 것만으로도 불안감과 우울감이 감소한다는 연구 결과를 본 적이 있는데, 정말로 그런 거 같다. 그림 같은 곳에 앉아서 맛있는 걸 먹고 있으니 내 인생도 그렇게 나쁘지만은 않다는 생각이 든다. 거기서 사진도 찍고 일기도 쓰고 책도 읽는다. 근처에 필름 현상소가 있어서 덕수궁 주변을 슬슬 산책하다가 밀린 필름을 맡기고 집까지 걸어서 온다. 이렇게 놀고 나면 나들이 갔다 온 아이처럼 까무룩 잠들게 된다. 아마 그날 카페에 가지 않았더라면 밤늦게까지 부정적인 생각을 하느라 잠을 설쳤을 것이다. 이렇듯 장소와 환경은 인생의 줄거리를 바꾸어놓는다. 등장인물이 같아도 어디에 있느냐에 따라 완전히 다른 상황을 만나고 다른 방향의 선택을 하게 된다.

우리에겐 언제나 장소가 필요하다

나에게 필요한 장소를 선별하는 눈, 장소에 대한 취향은 우리가 가진 모든 취향 중 가장 실용적인 취향이 아닐까 싶다. 우리에겐 언제나 '장소'가 필요하기 때문이다.

'조용히 혼자 작업할 카페'를 찾는다고 가정해보자. 가장 안전한 방법은 '전에 가봤는데 여기 일하기 괜찮더라' 하는 곳을 선택하는 것이다. 또는 '전에 가봤는데 괜찮았던' 카페와 비슷한 조건의 장소를 찾아가는 방법도 있다. 그러려면 작업하기 좋은 카페에 대한 나름의 기준이 세워져 있어야 한다. '음악 소리가 너무 크지 않아야 한다'라든지. '끼니를 때울 만한 메뉴가 있어야 한다'라든지.

사실 '좋은 공간', '쾌적한 장소'의 기준은 사람마다 제각각이라 '작업하기 좋은 카페' 같은 검색어로는 나에게 꼭 맞는 장소를 찾기 어렵다. 쾌적하다고 해서 갔는데 화장실이 건물 밖에 있다면? 추천자에겐 대수롭지 않을 문제일지 모르겠으나 나는 화장실 사용이 편하지 않은 곳에서 오래 머물지 못한다. 건물 외부의 화장실을 이용하는 게 일단 무섭고, 내가 자리를 비운 사이 누가 내 짐을 치우거나 가져갈까 봐 걱정된다. 결국 나는 안절부절못하다가 작업은 시작도 하지 못한 채 집으로 돌아오고 말 것이다. 평소에 '좋은 공간'에 대해 충분히 사유하지 않은 사람은 이런 순간에 다소 헤매게 된다.

전국 어느 도시, 어느 동네에 가더라도 괜찮은 장소 한두 곳쯤은 알고 있는 사람이 되고 싶어서 평소에 '장소 디깅'을 꾸준히 하는 편이다. 항상 와이파이를 켜둔다고 해야 하나. 좋은 장소를 찾아 내 것으로 만들려는 노력을 게을리 하지 않는다.

괜찮아 보이는 장소를 추천 받을 때마다 곧장 지도 앱을 켜서 저장해둔다. 걷다가 못 보던 가게가 눈에 띄면 멈춰 서서 무엇을 파는 곳인지 확인하고 방문 위시리스트에 넣는다. 여행하고 싶은 도시를 로드맵으로 미리 산책하는 습관도 있다. 화면을 이리저리 돌려보며 가게의 간판이나 거리의 분위기를 구경하고, 내가 머물고 싶은 장소가 어딘지 탐색한다. 덕분에 나의 지도 앱은 거대한 별 사탕 봉지처럼 보인다.

제주도에 살진 않지만 가보고 싶은 곳이 많아 별이 이렇게나 많이 찍혀 있다. 지도 앱을 통해 내가 어느 도시, 어느 지역에 애정을 가지고 있는지도 알 수 있다.

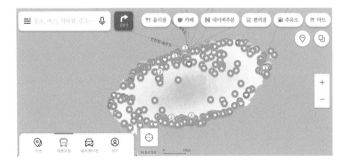

장소를 보관하는 방법

지도 앱에 의존해 '장소 아카이빙'을 하던 내게 몇 년 전 충격적인 사건이 하나 있었다. 산책 중에 마음에 드는 가게를 발견해 저장 버튼을 누르려는데 별안간 경고창이 떴다. "장소 즐겨찾기는 최대 2000개까지 추가할 수 있습니다."

맙소사! 내가 또 현대 문명을 너무 과신했군. 당연히 무한대로 저장할 수 있을 것이라 넘겨짚고 아무 장소나 후하게 별을 찍어댔었는데, 이를 어쩌나. 이제부터는 새 장소 하나를 추가하려면 저장된 장소 하나를 삭제해야 한다.

여분의 저장 공간을 만들기 위해 급하게 '내 장소 리스트'를 정리하기 시작했다. 내가 여길 굳이 왜 저장해놨지 싶은 곳도 많았다. 그새 내 취향이 변하기도 했고, 내가 좋아했던 장소가 변하기도 했다. 지도 앱 개발자는 왜 하필 2000개를 한도로 잡았을까? 다 계획이 있었던 것 아닐까? 한 사람이 '내 것'으로 가질 수 있는 장소는 2000개를 넘을 수 없다는 철학적인 이유가 담겨 있을지도 모른다.

가보고 싶은 장소를 지도 앱에 냅다 모으는 게 능사가 아니라는 것을 깨닫고 나서, 매달 인상적이었던 장소를 꼽아 '이달의 장소'를 선정한다. 선정 기준은 오로지 내 마음. 객관성도 일관성도 거의 없다. 내 인생의 장소를 아카이빙 하기 위한 개인 작업이다.

좋아하는 동네가 있나요?

나에게 좋은 여행지는 다음의 세 가지 조건을 충족해야 한다.

1. 걷기 좋은 산책 코스
2. 바다, 숲, 궁궐 등 비일상적인 풍경
3. 흥미로운 가게, 술집

수원 행궁동은 이 모든 조건을 충족하는 좋은 여행지다. 경주 같기도 하고, 전주 같기도 하고. 아무튼 화성 성곽길이 보여 순간 여행의 기분이 난다. 그냥 걷기만 해도 좋다. 곳곳에 귀여운 가게도 많다.

지난 한 해는 행궁동에 세 번이나 갔다. 마음만 먹으면 택시를 타고 집으로 돌아올 수도 있는 거리지만, 굳이 기차를 타고 가서 숙소를 잡고 자고 왔다. 6월엔 스페인 음식을 파는 음식점에서 친구들과 낮술을 마셨고, 7월 초엔 혼자 가서 산책을 실컷 했다. 걷다가 방화수류정 근처에 있는 한옥 숙소를 발견해서, 7월 말에 친구를 데리고 또 갔다.

행궁동이 점점 유명해지고 있어서 초조하다. (지금도 사람이 충분히 많지만) 더 붐비게 되면 아마 이런 분위기가 나진 않겠지. 변하기 전에 실컷 누려야 한다. 다음 달에 또 가야지.

이달의 장소: 양양 잔교리 해변

바다라고 다 같은 바다가 아니다. 전망 좋은 카페나 맛집이 줄줄이 늘어선 화려한 바다, 물빛이 아름답고 고운 모래가 깔린 잘 관리된 바다, 항구가 있는 바다, 모래 대신 바위가 둘러싼 바다.

다양한 '바다 경험'을 통해 어떤 바다에서 어떤 방식으로 시간을 보내는 게 나의 취향에 맞는지 알게 됐다. 나는 붐비지 않는 한적한 모래사장에 누워 술 마시는 것을 좋아한다. 맛집이나 카페가 없어도, 관리가 되지 않아 조금 어수선해도, 크기가 작아도 괜찮다.

여름의 양양은 전국 각지에서 놀러온 젊은이들로 붐비는 도시다. 웬만한 해수욕장은 이미 서퍼들과 관광객들로 가득 차 있다. 하지만 사람들이 모여 있는 해변을 지나쳐 5분 정도만 더 달리면 인기 없는 해변이 나타난다. 하나쯤은 꼭 있다.

그날 우리 앞에도 어김없이 인기 없는 해변이 나타났다. 낚시꾼 두세 팀뿐인 조용한 바다. 모래를 뚫고 살아남은 잡초가 듬성듬성 나 있는 물 한 병 살 곳 없는 야생의 바다. 같은 장소라도 찾아간 장소와 나타난 장소는 왜 느낌이 다를까. 그날부로 잔교리 해변은 양양에서 제일 좋아하는 장소가 됐다.

장소 아카이빙이 필요한 이유

기억하고 싶은 대상, 장면을 보면 보통 우리는 사진을 찍는다. 소설가 김중혁은 사진 대신 그림을 그린다고 한다. 여행을 떠날 때 작은 스케치북 하나 챙겨가서 사람도 그리고 건물도 그린다고. 물론 그림을 그리는 일은 번거롭다. 눈앞의 대상을 보고 또 보고 하염없이 관찰해야 겨우 담아낼 수 있다. 바꾸어 말하면 그렇기 때문에 그림으로 남긴 장면은 쉽게 잊히지 않는다. 그래서 김중혁 작가는 '굳이' 그림을 그린다고 했다.

내가 이달의 장소를 '굳이' 글로 써서 남겨두는 이유도 비슷하다. 영상이나 사진으로 찍어두면 오히려 더 생생하게 장소를 기록할 수 있겠지만, 기억에 남는지는 잘 모르겠다. 찍어만 두고 다신 보지 않는 사진들이 웹하드에 그득한 것만 봐도 알 수 있다.

경험한 것을 나의 언어로, 문장으로, 글로 남기는 일은 결코 쉽지 않지만 같은 이유로 강렬하게 기억에 남는다. '이달의 장소'로 아카이빙 해둔 곳들은 지도 앱이 서비스 종료를 하더라도, 웹하드가 날아가더라도 마음으로 기억할 것이다. 이것이 내가 애정하는 장소들을 기억하는 방법이다. 근사한 장소

를 잔뜩 알고 있는 어른으로 늙을 테다. 웬만해선 나를 막을
수 없을 것이다. 후후.

how to
셀프
아카이빙

1. '좋은 장소의 조건' 정리해보기

"이상형이 뭐예요?"라고 누군가 물어왔을 때, 당황하지 않고 답하려면 평소에 이상형에 대해 충분히 생각해두어야 한다. 어떤 사람이 나에게 좋은 사람인지 나 자신도 모르는 경우, 좋은 사람을 놓칠 확률이 높다.

마찬가지로 좋은 장소를 알아보기 위해서는, 내가 장소의 어떤 점에서 '좋음'을 느끼는지 관찰하고 생각을 정리해두면 좋다. 이를테면 내가 정의하는 '좋은 식당의 조건'은 다음과 같다.

□ 환대하는 분위기. 아무리 음식이 맛있어도 불청객이 된 듯한 느낌이 들면 다시 가고 싶지 않다.

□ 주류를 판매하는 곳.

□ 위생 측면. 테이블이 끈적끈적하지 않을 것. 물, 컵에서 비린내가 나지 않을 것. 화장실에서 악취가 나지 않을 것.

□ 메뉴판, 접객에서 사장님의 자부심이 드러나는 곳이라면 덮어놓고 좋아하는 편. 자부심은 무언가를 열심히 만든 사람만이 느낄 수 있는 감정이니까.

이 밖에도 '좋은 숙소의 조건', '좋은 서점의 조건' 등등. 자주 찾는 장소를 평가하는 나만의 기준을 세워두면 장소 취향을 기르는 데 큰 도움이 된다.

2. '가고 싶은 장소 목록' 작성하기

목표는 구체적일수록 이루기 쉽다. '시간 나면 좋은 데 놀러가고 싶다'고 막연히 바라는 것보다 '다음 달엔 부암동 석파정에 가봐야지'라고 정해두는 편이 현명하다.

매달 가고 싶은 장소를 딱 다섯 곳씩만 꼽는다. 바로 떠오르는 곳이 없더라도, 지도 앱을 살펴보거나 인스타그램에 저장된 게시물을 훑어보면 '나중에 가봐야지'라고 미뤄뒀던 행복 후보를 발견할 수 있을 것이다.

8월에 가고 싶은 곳

비행기 티켓을 끊어두면 아무리 바빠도 여행을 떠나게 되듯이, 위시리스트를 작성해두면 시간을 '내서'라도 좋은 곳에 찾아가게 된다. 나를 좋은 곳에 데려다주는 사람이 좋은 사람이다. 나에게 좋은 사람이 되어주자.

3. 장소 리추얼 만들기

'리추얼'을 한국어로 뭐라 표현해야 할까. '의미 부여' 정도가 적당하겠다. 유치해 보일 수도 있지만, 나만의 장소 리추얼은 딱히 웃을 일 없는 일상의 소소한 즐거움이 된다.

☐ 건강 검진을 받은 날엔 광화문 '돈까스 백반'에 가서 과식을 하고, 후식으로 '커피스트'에서 크림이 잔뜩 올라간 커피를 마신다. 1년 동안 성실하게 건강관리를 해온 것에 대한 보상이다.

☐ 월급날엔 서점에 간다. 가격을 셈하지 않고 사고 싶은 만큼 책을 양껏 산다.

☐ 겨울이 길어 울적할 땐 남쪽으로 여행을 간다.

휴대폰 사진첩은
당신이 지난달에
한 일을 알고 있다

월 간

사 진

리 뷰

11

사진을 지운다고 해서 존재했던 관계를
없었던 일로 만들 수 있는 것도 아니고.

무엇보다 나는 관계가 끝났다는 이유로
좋았던 추억까지 폐기 처분하고 싶지가 않다.

"벌써 11월 끝이야? 시간 진짜 빠르다."

월말이 되면 이상하게 허무하다. 매순간 나름 치열하게 살았는데 남은 게 하나도 없는 느낌이랄까. 내가 남긴 흔적들을 바득바득 뒤져가며 월간 리뷰를 하는 이유도 여기에 있다. 지나간 시간의 의미를 찾고 싶어서. 길을 잃지 않기 위해서는 내가 뭘 하면서 살고 있는지 자주 뒤돌아봐야 한다.

월간 회고를 할 때 휴대폰 사진첩은 아주 유용한 재료다. 거긴 정말 많은 것이 들어 있다. 누구를 만났는지, 어디에 가고 뭘 보고 먹었는지, 무슨 옷을 입고 어떤 표정을 자주 지었는지까지. 한 달간의 흔적이 고스란히 남아 있다. 물론 각자의 습관에 따라 재료의 양과 질이 달라질 순 있다. 평소에 사진을 자주 찍는 사람은 회고의 재료가 아주 풍성할 테고, 사진을 잘 찍지 않거나 주기적으로 사진을 정리해 없애는 사람은 회고의 재료가 단출하겠지.

그러고 보면 세상엔 두 종류의 사람이 있는 것 같다. 사진을 지우는 사람과 사진을 지우지 않는 사람. 나는 후자의 인간이라 못생기게 나온 내 사진도, 헤어진 연인과 찍은 사진도 지우지 않는다. 사진을 지운다고 해서 존재했던 관계를 없었던 일로 만들 수 있는 것도 아니고. 무엇보다 나는 관계가 끝났다는 이유로 좋았던 추억까지 폐기 처분하고 싶지가 않다. 그렇게 살면 마음이 너무 가난해질 것 같다.

그래서 내 사진첩 속에는 이제는 없는 사람들이 잔뜩 들어 있다. 별일 없이 멀어져서 남이 된 친구. 세상에서 가장 가까운 사이였지만 이제는 연락처조차 모르는 사람. 우리가 우리였던 시절, 나란히 서서 예쁘게 웃고 있는 사진을 보면 가슴 언저리가 시큰거린다. 마음이 어디에 붙어 있는지는 정확히 알지 못하지만 아마도 시큰거리는 바로 이 자리가 아닐까 싶다. 순간은 왜 지속될 수 없을까. 야속하다.

반면 우리 엄마는 정말 마음에 드는 사진 몇 장만 남기고 모두 지워 없애는 타노스 타입의 인간이다. 자주 하는 말은 "야, 이건 너무 이상하게 나왔다. 지워." 엄마는 내가 사진을 찍어주면 꼭 검열을 한다. 그러곤 자꾸 다 지워달라고 한다. 이 사진은 표정이 어색해서 탈락. 저 사진은 주름이 짙어 보여서 탈락. "그럼 얘는 어때?" 앞머리 모양이 이상해서 싫단다. 하하. 다 지우고 나면 남는 사진이 한 장도 없다. 내 눈엔 예쁘기만 한데. 엄마에게 뭐라고 할 게 아닌 것이 나도 똑같다(역시 틀림없는 엄마 딸이다). 남이 찍어준 사진을 보면 그렇게 못나 보일 수가 없다. 작은 눈, 각진 턱, 굽은 등, 굵은 다리. 단점만 보인다.

그래도 나는 '못 나온 사진'일지라도 굳이 저장해둔다. 친구들이 사진을 보내주면 잘 나온 사진만 골라 저장하는 게 아니라 '묶음 사진 전체 저장'을 누르는 타입이랄까. 특히 내게 애정을 가진 사람들이 찍어준 사진은 일단 보관해두는 편이다. 분명 사진을 찍은 당시에는 마음에 안 드는 컷이었는데, 나중에 시간이 많이 흐른 뒤에 다시 보면 괜찮게 느껴지는 일이 종종 있어서다. "이제 보니 이때 나 되게 예뻤는데 왜 스스로를 못 잡아먹어서 안달이었지?" 싶은 것이다. 그러니까 엄밀히 말하자면 사진이 못 나온 게 아니라 시간이 필요했던 게 아닌가 싶다. 나를 있는 그대로 받아들일 마음의 준비가 덜 되어 있던 거지.

오래전에 찍힌 내 모습에서 더 이상 단점이 눈에 띄지 않는 이유는 '이제는 없는 사람'이기 때문이 아닐까. 인간의 몸에서는 매일 3300억 개의 세포가 태어나고 죽는다고 한다. 1년 정도면 몸에 있는 거의 대부분의 낡은 세포는 죽어 없어지고 새 세포로 교체된다는 이야기를 기사에서 읽었다. 즉, 1년 전에 찍은 사진 속의 나는 이제 없다. 다시 만날 수 없는 사람이니 애틋한 것일지도.

전자의 사람이든 후자의 사람이든 일단 '월간 사진 리뷰'를 하기로 마음먹었다면, 한 달 동안은 사진을 최대한 많이 찍어 보관해두는 편이 좋다. 지우고 싶은 사진이 있다면 회고 이후에 해도 늦지 않으니까.

휴대폰 사진첩을 열어보세요

자, 이번 달의 첫째 날 무슨 일이 있었는지 떠올려볼까. 고작 한 달 전인데 전생의 일처럼 아득하게 느껴질 것이다. 무슨 일이 있었는지 가늠조차 되지 않는다. 그럴 때, 휴대폰 갤러리 앱의 검색 기능을 활용해 30일 전으로 돌아가 본다.

아, 맞다. 6월의 첫날은 수요일이었고, 나는 휴가를 내고 홍천에 당일치기 캠핑을 하러 갔었다. 홍천강가에 앉아 나룻배 위로 햇빛이 떨어지는 풍경을 보고, 샌드위치를 먹고, 밀린 독서를 했던 평화로운 순간이 사진첩 속에 여러 장 남아 있다.

근데 왜 뜬금없이 수요일에 휴가를 냈지? 나는 원래 최소 일주일 이상의 긴 휴가를 선호하는 타입으로, 길게 쉴 수 없다면 휴가 자체를 포기해버리곤 했다. 그런데 팀장 업무를 맡게 되면서 장기간 휴가를 내는 일이 현실적으로 힘들어졌다. 하는 일이 바뀌었으니 라이프스타일, 쉬는 방법도 바꿔야 했는데, 그 사실을 인정하지 못해서 휴가를 미루고 있던 상황이었다. 그러다 한

휴대폰 갤러리 앱에서 '2022년 6월 1일'을 검색한 결과

해의 절반이 흘러버렸고 이대로는 안 되겠다 싶어 수요일에 휴가를 냈던 것이다. 고작 하루짜리 휴가였지만 충분히 즐거웠고, 무엇보다 전혀 쉬지 못하는 것보단 훨씬 나았다. '앞으론 쉴 수 있을 때 틈틈이 쉬어야겠다'고 결심했던 것이 기억난다.

이렇게 내 손으로 직접 채집한 깨달음은 한정판 운동화만큼이나 귀하다. 자기계발서 열 권을 읽어도 와 닿지 않던 메시지를 머리가 아닌 마음으로 이해하게 되면 조금은 현명한 어른이 된 기분이 든다. 나만을 위한 맞춤형 리빙 포인트랄까. 한 달 만에 벌써 흐릿해진 그날의 교훈을 되새기는 의미로 6월의 기념품 상자에 그날 기록을 잘 넣어두었다.

6월

▼ **기념품**

• 6월 1일(수) 뜬금없이 휴가 내고 홍천에 당일치기 캠핑 다녀옴. 일정을 보니 쉴 수 있는 날이 이날밖에 없었다. 긴 휴가 낼 수 있을 때 제주도 갔다 오려고 벼르고 있었는데 아무래도 팀장 맡고 있는 동안에는 힘들 듯싶다. 어쩔 수 없지 뭐. 인생은 절대 내 계획대로 되지 않는다. 겸허히 받아들이고 상황 안에서 행복할 수 있는 방법을 찾아야 한다. 하루뿐이었지만 쉬니까 확실히 충전이 됐다. 쉴 수 있을 때 틈틈이 쉬어두자. 하는 일이 바뀌었으면 쉬는 방법도 바뀌어야 해.

이런 식으로 한 달간 찍은 사진을 쭉 훑어보면 이달의 기
념품으로 보관할 순간들을 잔뜩 '득템' 하게 된다. 돈이 드는
것도 아니고 기념품을 보관할 오프라인 공간이 따로 필요한
것도 아니니까. 보관하고 싶은 만큼 마음껏 챙기면 된다.

넷플릭스보다 재밌는 스크린샷 리뷰

사진 회고를 할 때 유용하게 활용하는 폴더가 몇 가지 더 있는
데, 바로 스크린샷 폴더다. 회사에서 하는 일이 트렌드를 분석
하는 일이라 평소 SNS를 자주 모니터링 하는 편이다. 나중에
다시 보고 싶은 콘텐츠는 스크린샷을 찍어 따로 저장해둔다.
(사족 하나, '캐릿'이라는 트렌드 미디어에서 일하고 있습니다. 사족 둘, '캐릿'
에서 일하기 전에도 SNS 중독자이긴 했습니다. 하핫)

한 달 동안 모아온 스크린샷 폴더를 정주행하면 넷플릭스

휴대폰 갤러리의 스크린샷 폴더

만큼이나 재밌다. 인터넷 세상을
떠도는 수많은 정보들 중 내 취향
에 맞는 것, 내 기준에서 재밌고 중
요한 것만 모은 하이라이트니까.

SNS를 인생의 낭비라고 보는
시선도 있지만, 나는 SNS에서 다양
한 영감을 받는 편이다. 밈을 분석

하며 시대가 원하는 표현 방식을 배운다. 내가 말하고 싶은 메
시지를 거부감 없이 전달하려면 이렇게 해야 하는구나!

'내가 이걸 왜 캡처했더라?' 싶은 사진도 몇 장 있다. 누구
한테 보내려고 혹은 어디에 쓰려고 이걸 저장해놨더라? 나는
이 밈의 어떤 포인트에서 공감했었지? 회고하는 과정에서 의

미를 찾은 캡처본은 '이달의 기념품'으로 선정되어 노선 페이지로 들어간다.

예를 하나 들어볼까? 우측 이미지는 지난달 스크린샷 폴더에 담긴 사진의 일부다. 각각 다른 날 캡처한 사진이지만 묘하게 하나의 맥락으로 읽힌다.

나는 요즘 '강해지기', '눈치 보지 말고 내가 진짜 하고 싶은 걸 하기'라는 화두에 꽂혀 있다. 사실 조금은 삐딱한 상태이기도 하다. "내 맘대로 할 거야. 어쩌라고!"랄까.

그래서인가. 유독 나와 같은 태도를 가진 밈이나 짤이 SNS 피드에 자주 뜬다. 알고리즘이 내 마음을 읽은 걸까. 당연히 그런 건 아닐 테고. 다만 내가 평소에 '그런 생각'을 하고 있었으니 '그런 단어', '그런 문장'이 눈에 들어온 거겠지.

이런 특별한 히스토리가 있는

10월 스크린샷 폴더의 일부

짤은 이달의 기념품으로 선정될 가치가 충분하다. 긴 설명을 덧붙이지 않아도 저 짤들만 보면 2022년 가을이 떠오를 것이다. '네. 10월의 저는 이런 생각을 하고 살았습니다!'라는 의미를 담은 기념품인 셈이다.

how to
셀프
아카이빙

1. 하루 한 장 사진 찍기

다들 한 달에 사진을 몇 장이나 찍는지 문득 궁금하다. 내 사진첩을 열어 세어봤더니 한 달에 300장에서 500장 정도의 사진을 찍는다. 못해도 매일 한 장 이상은 찍는 셈이다.

예전엔 SNS에 올릴 만큼 예쁜 물건이나 장소가 아니면 카메라를 들지 않았다. 일주일 내내 사진을 찍지 않을 때도 많았다. 내 모습이 마음에 들지 않았던 시기, 살이 쪘다고 생각했던 즈음엔 세 달 넘게 셀카 한 장 남기지 않았다.

기록용 사진을 열심히 찍기 시작한 건, 사진으로 월간 리뷰를 하면서부터다. 요즘은 상태가 조금 꼬질꼬질해도 기억하고 싶은 순간이 있으면 얼른 사진으로 찍어둔다. 풀 메이크업을 하고 잘 차려입었을 때만 사진을 찍는 게 아니라, 눈곱도 못 뗀 꼬질이 차림이어도 의미 있다고 생각되는 순간엔 카메라를 든다. 초점, 색감, 구도 이런 것 하나도 신경 안 쓰고 막 찍기 때문에 엉망인 사진이 많지만 그게 또 추억이 된다. '어차피 혼자 볼 건데, 뭐!'라는 생각이 사진 강박으로부터 나를 자유롭게 만들어준다.

2. 월간 필름

나에게 특별한 의미가 있는 달엔 필름 카메라로 일상을 기록한다(이를테면 내 생일이 있는 6월이라든가!). 보통 필름 한 롤로 36장의 사진을 찍을 수 있어서 하루에 딱 한 컷씩만 신중하게 찍는다. 물론 참을 수 없이 행복하거나 날씨가 끝내주는 날에는 기분 따라 펑펑 써버리기도 한다.

매달 한 롤의 필름을 비우고, 그 사진으로 한 달을 돌아보는 방식은 물리적으로 완벽한 회고법이다. 당연하게도 필름 카메라로 찍은 사진은 필름을 다 채운 뒤에야 볼 수 있고, 사진관에 찾아가서 인화를 해야 한다는 점에서 그렇다.

좋은 사진을 찍는 것이 목적이 아니라 기록을 하는 것이 목적이기 때문에. 고급 필름 카메라를 살 필요는 없다. 2만 원 내외의 일회용 카메라면 충분하다.

월간필름

2022 6월 필름   2022 7월 필름   2022 8월 필름

매달 필름 한 롤을 채워 인화하는 것만으로도 뭔가를 '남긴다'는 만족감이 있다.

내 인생을
구원하러 온
나의 루틴

월 간

루 틴

리 뷰

새로운 습관이 생기면 새로운 사람이 된다.
우리가 반복해서 하는 행동이 우리다.

위스키에 막 입문했을 무렵 위스키를 싸게 살 수 있는 곳이 있다는 이야기를 어디선가 듣고는 신이 나서 달려갔다. 그곳의 첫인상은 마법사의 비밀 창고 같았다. 유리병에 담긴 호박색 위스키는 조명을 받아 반짝이고, 가게 주인들에겐 왠지 모를 아우라가 느껴졌다. 어수룩한 티를 폴폴 풍기며 첫 번째로 들어간 가게에서 위스키 두 병을 샀다. 여기 파는 위스키는 원래 상자 포장이 따로 안 되어 있고, 정품임을 인증해주는 RFID도 없다고 하기에 약간 찜찜했지만 다들 그러려니 하고 사는 듯해서 그냥 넘어갔다.

그날 밤 '좋은 소비였다' 자축하며 위스키 파티를 벌였다. 그러다 문득 내가 원래 먹던 위스키와 비교 시음해보고 싶어졌다. 같은 종류의 위스키니 정품이라면 맛이 다르지 않겠거니 했다. 두 잔을 나란히 놓고 신중하게 음미해본 결과, 두 위스키는 미묘하게 다른 맛이었다. 전문가가 아니니 어디가 어떻게 다른지 정확하게 설명할 수는 없지만 분명히 달랐다. 혀끝에 위스키가 닿는 순간 알 수 있었다. 다르다! 물론 기분 탓일 수도 있다. 집에 있던 위스키는 개봉한 지 좀 된 것이니 맛이 변했을 수도 있겠지. 하지만 정품과 다른 맛이라는 걸 알아버린 이상 이전으로 돌아갈 수는 없었다. 그 이후로 나는 아무 데서나 위스키를 사지 않는다.

적절한 비유일지 모르겠지만, 믿었던 사람에게 배신을 당한 순간은 가짜 위스키를 적발해냈을 때와 비슷한 기분이었다. 우리 사이가 가짜였다는 걸 확인했고, 그 사실을 알게 된 이상 절대로 이전으로 돌아갈 수는 없다고 생각했다. 다만 한톨 아쉬움 없이 싸게 파는 위스키를 손절했던 것과는 달리 아팠다. 내 손으로 내 몸의 일부를 잘라내는 일이 쉬울 리가 없었다.

. . .

최악의 상황에서 어떻게 행동하는지를 보면 그 사람의 본모습을 알게 된다고 한다. 위기 상황에서 나는 나조차도 몰랐던 내 모습을 발견하게 된다. 나는 칸트만큼이나 규칙적이고 루틴에 미친 사람이다.

평소에 나는 하루 두 번씩 뛰거나 걷는다. 점심시간에 한 번, 퇴근 후에 한 번. 처음엔 특별한 목적 없이 기분을 환기시키는 차원에서 가볍게 산책하기 시작했는데, 어느 순간부터 산책이 정신 위생을 지켜주는 루틴이자 리추얼이 됐다. 아무리 바쁜 날에도 식사를 건너뛸지언정 산책은 한다. 스스로와 하는 다짐 같은 것이다. '상황에 휩쓸려 무너지지 말자. 일시적인 감정에 지지 말자.'

실제로 산책 루틴은 내 일상의 리듬을 지켜주는 역할을 했다. 초반 몇 분은 평정심을 잃고 씩씩거리며 걷는다. 그러다 산책 나온 강아지를 보고 잠깐 웃고, 개울에서 수영하는 아기 오리들을 보며 잠깐 웃는다. 갑자기 멈춰 서서 꽃 사진을 찍는 할머니, 새로 생긴 과일 가게의 특이한 입간판, 뻥튀기 트럭에서 나는 고소한 냄새. 산책로에서 만나는 것들이 나를 웃게 했다. 그렇게 점심에 한 번 퇴근 후에 한 번, 나를 위한 시간을 갖고 나면 몸도 마음도 단단해졌다.

산책으로는 회복하기 힘든 파도가 몰아치는 날엔 달리기를 했다. 산책이 순한 맛 힐링이라면 달리기는 매운맛 힐링이다. 턱 끝까지 숨이 찰 정도로 뛰고 난 후의 나는 뛰기 전의 나와 다른 사람이 된다. 일희일비의 아이콘, 개복치 멘탈인 내가 드물게 '강해졌다'는 느낌을 받는 순간이다.

내가 배신당했다는 것을 처음 알게 되던 날, 그날도 나는 뛰었다. 평소처럼 운동 전 스트레칭을 하고, 운동화 끈을 단단히 묶고, 집 근처 초등학교에서 달리기를 한 후, 긴 산책을 하고 돌아왔다. 이런 날에도 나는 루틴을 지키는구나. 나에게 놀랐다. 습관은 참 무서운 것이다. 최근에 본 만화책 〈구룡 제네릭 로맨스〉에서 이런 대사를 봤다. "굉장히 힘든 일이 생겨도 평소처럼 행동하면 일상이 돌아온다. 반드시."

힘드시죠? 루틴에 기대세요!

나는 요즘 돌다리를 건너듯 루틴을 하나하나 밟아가며 매일을 건디고 있다. 아침에 일어나자마자 게임 미션을 깨듯 정해진 루틴을 실천한다. 자칫하면 자기 연민이나 무기력한 감정에 빠질 수 있으므로 빠르게 움직이는 게 핵심이다. 이불 정리를 하고 이를 닦는다. 세수를 하고 선크림을 바르고 깨끗한 속옷으로 갈아입는다. 재택근무 중이라 딱히 외출할 일이 없을 때도 많지만 깨끗한 몸 상태를 유지하는 것이 중요하다. 몸무게를 측정한 뒤 물 한 컵과 유산균을 먹는다. 간단한 스트레칭까지 하고 나면 오전 근무를 위한 에너지 충전 완료다.

점심시간에는 집 근처 개천을 걷는다. 마음이 힘들 때 사진을 잘 안 찍게 되지만, 억지로 거울 셀카도 남기고 풍경 사진도 찍으려고 한다. 이렇게라도 하지 않으면 아무것도 기억하지 못하게 되리라는 걸 알기 때문이다. 내 인생의 일부가 유실되게 내버려둘 수는 없다. 내가 무슨 정신으로 살아 있는지 모를 만큼 힘든 시기엔 루틴에 기대는 게 도움이 된다.

오후 근무를 무사히 마치면 운동복으로 갈아입고 뛰러 나간다. 야근이 예정된 날에도 일단 뛰고 나서 일하겠다는 각오로 집을 나선다. 밥 먹을 시간을 줄이면 된다. 운이 좋은 날엔 노을을 보며 뛸 수 있다. 기운이 나지 않아 힘들어도 트랙을

같이 도는 익명의 러닝 동료들을 따라 뛰다 보면 금방 페이스가 올라온다.

모든 할 일을 마치고 나면 일기를 쓴다. 두서없이 부정적인 감정을 쏟아내도 되고, 유치한 자기 연민에 빠져도 되는 나만의 대나무 숲에 오늘 하루를 털어놓는다. 그리고 침대에 눕는다. 꼭 잠에 들지 않아도 눈을 감고 있는 것만으로 피로가 회복된다는 속설을 믿고, 얌전히 눈을 감은 채 하루가 끝나기를 기다린다.

내가 반복해서 하는 행동이 '나'

요즘 친구들이 자주 쓰는 말 중에 'ㅇ민수'라는 표현이 있다. 유래를 설명하자면 복잡하고 긴데, 한 단어로 '따라 한다'는 뜻이다. 빈칸에 따라 하고 싶은 사람 이름을 한 글자로 줄여 넣으면 된다. 보통 "태연 언니 오늘 바른 립스틱 너무 예뻐요. 제품명 알려주세요. 탱민수 하고 싶어요." 이런 식으로 쓴다.

정보 공유의 시대, 취향 아카이빙의 시대에 따라 하는 건 더 이상 부끄러운 일이 아니다. 라이프스타일은 어느 날 갑자기 하늘에서 뚝 떨어지는 것이 아니라, 좋아 보이는 것들을 수집해 내 방식으로 소화하는 과정을 통해 만들어진다. 그러니 부지런히 ㅇ민수를 실천하는 사람들은 결국 안목 있는 편집

숍 주인처럼 멋진 취향을 갖게 될 가능성이 높다.

나 또한 좋아 보이는 것들을 보면 곧잘 따라 하는 편인데. 내가 주로 ○민수 하는 분야는 습관이다. 경험상 닮고 싶은 사람이 쓰는 향수나 옷을 따라 산다고 해서 내가 그 사람과 비슷해질 확률은 아주 희박하지만, 습관을 따라 하면 아웃풋이 아주 확실하다. 새로운 습관이 생기면 새로운 사람이 된다. 우리가 반복해서 하는 행동이 곧 우리다.

눈 뜨자마자 스트레칭 하는 습관, 오후에 차 한잔 마시며 숨 고르는 습관, 과자를 그릇에 담아 먹는 습관, 기타 등등. 좋아 보이는 습관을 발견하면 일단 나의 루틴에 포함시켜 본다. 밑져야 본전(돈이 드는 것도 아니고 아님 말지)의 마음으로 따라 해 본다. 가볍게 시도했던 습관이 생각보다 나에게 잘 맞아서 중요한 루틴으로 정착하기도 한다.

"집에 돌아오면 묻지도 따지지도 않고 20분간 집 청소를 한다."

SNS에서 누군가 소개한 습관을 보고 괜찮다 싶어서 따라 해봤는데 효과가 굉장했다. 20분 청소 습관 덕분에 예전보다 훨씬 깨끗한 집에서 살게 된 것이다. 나를 제대로 챙기지 못하는 시기엔 집이 엉망이 된다. 집이 더러우면 사람이 무기력해지고 대충 살게 된다. 이 악순환을 끊는 데 '귀가 후 20분 청소' 루틴이 큰 도움이 됐다. 요즘엔 이 루틴을 살짝 변형해 쓴다.

'귀가 후 10분 안에 옷 갈아입고 렌즈 빼고 화장 지우기. 화장 지운 후 집안일 20분 하기' 귀가 루틴을 실천한 후부터는 화장도 못 지우고 잠드는 일이 줄었다. 습관이 우리를 만든다.

루틴이 있는 사람은 절대 망하지 않는다

"내가 과연 다시 예전처럼 행복해질 수 있을까?" 이 질문에 대한 답을 루틴 회고를 하며 찾았다. 나는 다양한 앱을 통해 루틴을 기록하는데, 한 달간의 결과물을 보니 '아 그래도 내 인생이 완전히 망하진 않았구나'라는 생각이 들었다. 그런 일을 겪어놓고도 매일 뛰고, 유산균을 챙겨 먹고, 일기를 쓰는 사람이라면 시간이 좀 걸리더라도 언젠가는 괜찮아질 수 있을 것 같았다. '그래도 나 잘하고 있네.' 스스로를 긍정하는 계기도 됐다.

이러려고 그동안 내가 각종 루틴을 만들고 힘들게 지켜왔나 싶다. 힘든 순간에 써먹으려고! 운동 루틴이 없었더라면 나는 히키코모리처럼 집에 처박혀 울고만 있었을지도 모른다. 루틴은 과거의 내가 보낸 선물이다.

김영하 작가가 이런 말을 한 적이 있다. "사람은 자신의 능력을 100퍼센트 다 사용해서는 안 됩니다. 60~70퍼센트의 능력만 사용해야 합니다. 절대 최선을 다해선 안 된다는 게 제모토였어요. 인생에는 어떤 일이 일어날지 모르기 때문에 능력이나 체력을 남겨둬야 합니다."

이 말을 내 방식으로 살짝 바꿔봤다.

"인생에는 어떤 일이 일어날지 모르기 때문에 일상을 지켜줄 루틴을 꼭 만들어두어야 합니다. 힘든 순간에 기댈 수 있는 가장 믿을 만한 존재는 나 그리고 습관뿐이에요."

how to
셀프
아카이빙

1. 루틴 기록하기

루틴은 나와 단둘이(?) 하는 조용한 약속이기 때문에 그만큼 포기하기도 쉽다. 그래서 동기부여와 성취감을 유지하는 게 중요하다. 나는 시각적인 결과물에 쉽게 매료되는 인간이므로 다양한 스마트폰 앱을 활용하여 루틴을 꼼꼼하게 기록한다. 어릴 때 피아노 학원에서 악보 하나 연주하고 동그라미 칠하듯, 루틴 하나를 실천하면 어딘가에는 내가 루틴을 실천했다는 표식을 남긴다. 매달 말일에 예쁘게 색칠된 루틴 표를 보면 그렇게 뿌듯할 수가 없다.

투 두 메이트

'투 두 메이트'는 스케줄 관리를 할 때 쓰는 앱인데, 나는 여기에 매일의 루틴들도 공식적인 '할 일'로 올려둔다. 업무뿐만 아니라 루틴도 '꼭 해야 하는 일'이라는 사실을 상기시키기 위해서다. '세수하고 선크림 바르기', '영양제 먹기' 같은 쉬운 루틴을 실천하고도 할 일 하나를 색칠할 수 있기 때문에 작은 성취를 자주 맛볼 수 있어서 좋다. 또 이모지, 색상 조합을 마음대로 선택할 수 있어서 '루꾸(루틴 꾸미기)' 하는 재미도 쏠쏠하다.

☑️ 🖊 쓰기 +
☑️ 🏞 일기쓰기
☑️ 📖 책 한 꼭지 읽기
☑️ 🌱 단어채집
☑️ 하루 한 문단

☑️ 🌿 정원에 물주기 +
◻️ 하체 스트레칭
◻️ 승모근 스트레칭
◻️ 아침에 폰 안 보기
☑️ 영양제 먹기
☑️ 🧘 모닝 요가
☑️ 🌳 산책 🌳
☑️ ☕ 티타임
☑️ 러닝 🏃
☑️ 세수+썬크림 🧴
☑️ 볕 쬐기 ☀️(날씨 확인)

작은 성취감을 준다.

런데이&체성분 분석

운동 루틴을 가진 사람이라면 운동 횟수와 강도, 나의 능력치를 기록으로 남겨보자. 나는 달리기를 주로 하기 때문에 '런데이'라는 앱을 애용한다.

더불어 몸의 변화도 기록으로 남겨두면 좋다. 매일 사진을 찍는 방법도 있지만 나의 경우 눈으로 보이는 변화가 크지 않은 편이라 체성분 측정 기록을 남기는 편이다. 단순히 몸무게만 재는 게 아니라 스마트 체중계를 이용해 체지방량과 근육량까지 함께 체크한다. 별것 아닌 것 같아도 매일 몸의 변화를 관찰하면 건강이 크게 망가지기 전에 조치를 취할 수 있다. 몸무게가 갑자기 줄어들거나 늘어나지 않도록 유지하는 데에도 도움이 된다.

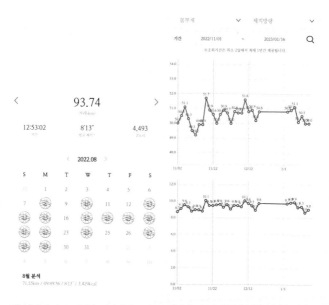

8월 런데이 기록. 매일은 아니지만 그래도 꾸준히 달렸다.

체중 변화를 꼼꼼하게 기록하는 건, 할머니가 돼서도 지금 입는 옷들을 그대로 입고 싶어서!

챌린저스

혼자 루틴을 실천하는 게 어렵다면 '챌린저스'라는 앱을 추천한다. 챌린저스는 일종의 '내기 모임' 플랫폼이다. 앱에 접속하면 '주 3일 1만 보 걷기', '매일 스트레칭 하기', '아침 챙겨 먹기' 등 다양한 모임이 개설되어 있는데 그중 마음에 드는 모임을 골라 참가하면 된다. 이때 동기부여를 위해 5,000~50,000원 사이의 참가비를 내는 시스템이다. 목표를 달성하면 참가비 전액과 함께 상금을 돌려받는다. 사람들과 경쟁하며 재미있게 루틴을 습관화할 수 있는 앱이라 나도 루틴 만들기 초반에 도움을 많이 받았다.

🔉 공식 챌린지
1만보 걷기
오늘부터 시작
주3회   2주동안

🔉 공식 챌린지
매주 0.5kg 감량하기
오늘부터 시작
주1회   4주동안

🔉 공식 챌린지
헬스장 가기
오늘부터 시작
주3회   2주동안

🔉 공식 챌린지
홈트 영상 보며 운동하기
오늘부터 시작
주4회   2주동안

승부욕이 있는 유형이라면 챌린저스 완전 추천!

2. 상황별로 다양한 버전의 루틴 만들어두기

인생에는 다양한 상황이 벌어진다. 여행을 떠나는 때도 있고, 유난히 가족 행사가 많은 시기도 있을 것이고, 컨디션이 안 좋은 주간, 업무가 과도하게 몰리는 달 등등. 그 모든 상황에 한 가지 고정된 루틴을 적용하기는 힘들다. 안타깝게도 하루 이틀만 느슨해져도 공들여 쌓은 루틴이 쉽게 무너진다. 그래서 상황별로 다양한 버전의 루틴을 만들어두는 게 좋다. 예를 들면 여행 주간엔 '하루 두 번 걷거나 뛰는 루틴'을 '매일 아침 뛰기'로 변경해서 실천한다. 여행 주간엔 변수가 많으니 내가 규칙적으로 지킬 수 있는 최소한의 일정을 비워두는 것이다. 그 밖에도 여름 루틴, 겨울 루틴 등 계절이나 날씨에 맞게 루틴을 응용하여 만들어두면, 상황을 핑계로 루틴을 포기하는 일을 막을 수 있다.

내 인생을 책으로
만들 수 있다면

월말 그리고 연말, 마지막 날이 다가오면 이유 없이 초조해진다. 매 순간 나름 치열하게 살았는데 남은 게 하나도 없는 느낌이다. 이제부터라도 뭐라도 해야 할 것 같은 조바심이 들어 괴롭다. 아무래도 내가 평생을 모범생으로 살아왔기 때문일까.

무의미하게 지나가는 시간을 견딜 수가 없어서 시작한 것이 '월간 인생 리뷰 프로젝트'다. 사실 너무 바쁜 달엔 월간 리뷰를 못 하고 넘어갈 때도 있는데, 그 빈틈은 연말 결산을 하며 채워 넣는다. 누가 검사하는 것도 아니고, 유연하게 하면 된다. 너무 완벽하게 해내려고 애쓰면 오히려 금방 그만두게 된다. 몇 년 전부터 12월의 마지막 주는 아예 통으로 비워둔다. 친구들과 즐기는 시끌벅적한 송년회 대신 나 자신과 오붓하게 회고의 시간을 보내기 위해서다.

있어 보이려고 '회고', '리뷰' 같은 멋진 말을 가져다 붙였지만, 그냥 '의미를 찾는 작업'을 하는 것이다. 그건 내가 아주 잘하는 일이다(나는 10년 차 에디터이고 에디터라는 직업은 무에서 의미를 착즙해내는 일을 한다). 우리가 하는 모든 경험에는 나름의 배울 점이 있다. 만약 배울 점이 없는 일이라면 하다못해 느낀 점이라도 있다. 이를테면 "이딴 경험은 다신 하지 말자"라든가. 아무튼 이걸 하고 나면 건강한 마음으로 나를 다독이며 한 해를 마무리할 수 있게 된다.

1월

▶ **기념품:** 복도에서 눈구경/모닝 요가/점심시간 땡땡이/링피트/초저녁 잠/겨울 산책(혼자)/싫은 사람을 견디는 대가

2월

▶ **기념품:** 봄을 기다리는 겨울 산책(정릉동 사랑)/일기장에 계속 봄인가?라는 말이 나온다.

3월

▶ **기념품:** 정릉동 좋아/운동하고 회사 일 열심히 하고 나는 참 열심히 살아. 나라도 그걸 알아주자/바다가 보이는 장례식장에서 할아버지 보내드림/벚꽃과 목련-바쁜 와중에도 열심히 구경함/3월에는 꽃구경을 너무 열심히 해서 일기를 못 쓴 걸까?

연말 결산 기록 중 일부이다. 1년간 성실하게 채워온 월간 리뷰를 다시 읽고(한 번 쓰고 처박아두기엔 너무 아까운 기록이다), '올해의 ○○' 같은 것도 좀 뽑아보고, 내년 계획도 세운다.

2022 어워드

- 🏆 올해의 변화/소비
- 🖥 2021 콘텐츠 소비
- 🪨 올해의 아름다움
- 🎖 올해의 레벨업(깨달음)
- 🏛 올해의 장소
- 🪶 올해의 글쟁이 성취

시상 분야는 매년 바뀐다. 내가 가장 좋아하는 분야는 '올해의 아름다움'과 '올해의 레벨업'. 이 카테고리의 후보를 정할 때 제일 신난다. 매년 작년보다 더 현명해지고, 작년보다 더 많은 것에서 아름다움을 느끼는 사람이 되고 싶다.

얼마 전에 〈알쓸인잡〉이라는 프로그램을 보다가 흥미로운 질문이 있어서 재생을 멈추고 한참 생각했다. '무엇이 나인가?' 그러게. 뭐가 나지? 각 분야의 박사님들이 모여 있는 자리였음에도 명쾌한 답이 나오지 않았다. 다만 자아라는 것은 굉장히 모호하며 나라는 존재를 알고 설명하기란 너무나 어려운 일이라는 사실엔 모두가 동의했다. 여기에 김영하 작가님은 이런 코멘트를 덧붙인다.

"결국 '나'라는 것은 내가 만들어낸 이야기와 같다. 나는 이런 걸 좋아하고, 이런 일을 겪었다. 이런 식으로 내가 경험한 감각을 이야기로 만들면 그것이 내가 되는 것이다."

그렇다면 나는 나를 찾기 위한 도구로 '월간 인생 리뷰'를 쓰고 있는 거군! 실제로 나를 설명해야 하는 자리에 나가기 전에 월간 리뷰 페이지를 열어본다. 임기응변에 강한 유형이 아니라서 누가 나에 대해 물으면 당황하는데, 정리된 자료가 있으니 유용하다. 내 인생을 아카이빙 해둔 책, 백과사전이라고 생각하고 있다. 그래서 이 기록을 모아둔 노션 페이지에 '인생 아카이빙'이란 제목을 붙여뒀다. 노션 페이지에 매년 내가 차곡차곡 쌓여가는 걸 보면 괜히 뿌듯하다. 좋아하는 만화책 전권을 모아가는 마음과 비슷하다.

인생 아카이빙

- 🔲 **2020 연말 결산**
- 🔳 **2021 연말 결산**
- 🔳 **2022 연말 결산**
- 🔳 **2023 연말 결산**
- 📎 **왜 사는가**
- 📎 **스트레스**
- 🗄 **음식**

연도별 연말 결산은 요렇게 노션 페이지에 모아둔다. 각 페이지 안에 월간 리뷰 기록을 넣어두었다.

끝으로 스스로에게 조금은 더 관대해지자는 이야기를 하며 마치고 싶다. '누군가의 일기를 읽으면 그 사람을 미워할 수 없다'라는 말이 있는데, 나를 꾸준히 리뷰하다 보면 정말로 나를 미워할 수 없게 된다. 다 그럴 만한 사정이 있었거든!

타인에게 내 이야기를 너무 많이 하면 실례지만, 나와는 얼마든지 오래 내 이야기를 해도 좋다. 어쨌거나 인간에게는 나 자신을 정면으로 마주 보는 시간이 꼭 필요하다는 입장이다. 우리가 사랑하는 사람에게 쓰는 시간을 아까워하지 않듯, 시간을 들여 나와 친해지는 시간을 꼭 가져보시기를.

P.S. 저는 서울 북쪽 조용한 동네에서 여러분들의 '월간 인생 리뷰 프로젝트'를 응원하고 있을게요. 종종 진행 상황(이라고 쓰고 안부라고 읽음) 공유해주시면 기쁠 거예요.

부록

셀프
아카이빙
템플릿

좋은 말 상자

내게 닿은 좋은 말을 기록해보세요. 칭찬, 응원, 조언 뭐든지 좋습니다.

친구 입맛 백과사전

사랑하는 사람의 입맛에 대해 얼마나 잘 알고 계신가요?

이름:
- 좋아하는 음식
- 싫어하는 음식
- 좋아하는 음료
- 좋아하는 디저트
  (받고 싶은 생일 케이크)

이름:
- 좋아하는 음식
- 싫어하는 음식
- 좋아하는 음료
- 좋아하는 디저트
  (받고 싶은 생일 케이크)

이름:
- 좋아하는 음식
- 싫어하는 음식
- 좋아하는 음료
- 좋아하는 디저트
  (받고 싶은 생일 케이크)

이름:
- 좋아하는 음식
- 싫어하는 음식
- 좋아하는 음료
- 좋아하는 디저트
  (받고 싶은 생일 케이크)

이름:
- 좋아하는 음식
- 싫어하는 음식
- 좋아하는 음료
- 좋아하는 디저트
  (받고 싶은 생일 케이크)

이름:
- 좋아하는 음식
- 싫어하는 음식
- 좋아하는 음료
- 좋아하는 디저트
  (받고 싶은 생일 케이크)

이름:
- 좋아하는 음식
- 싫어하는 음식
- 좋아하는 음료
- 좋아하는 디저트
  (받고 싶은 생일 케이크)

이름:
- 좋아하는 음식
- 싫어하는 음식
- 좋아하는 음료
- 좋아하는 디저트
  (받고 싶은 생일 케이크)

좋은 장소의 조건

장소에도 이상형이 있다!
장소의 어떤 점에서 '좋음'을 느끼는지 관찰하고 정리해보세요.

• 좋은 술집의 조건

• 좋은 식당의 조건

• 좋은 카페의 조건

• 좋은 숙소의 조건

인생 공부 수업료

후회되는 소비가 있나요? 수업료를 정산해봅시다.

날짜	내용	비용	배운 점

나에게 주는 선물

**나에게 가장 필요한 선물은 나만 줄 수 있습니다.
선물 받고 싶은 날을 대비해 미리 리스트를 작성해둡시다.**

절대로 하지 않을 일들의 목록

이것은 버킷리스트와는 결이 좀 다릅니다.
몇 달 안에, 몇 년 안에 이루고 싶은 소망을 배제하고
실현 가능성이 아주 적은 일들을 그냥 적어만 보는 거예요.
내 성격에 절대 하지 않을 낯선 선택지를 잔뜩 만들어둡시다.

경험 저축

이번 달에 처음 해본 일이 있었나요? 무엇을 배웠나요?

새로운 경험	깨달음 이자

_____ 출입자 명부

한 달간 나를 거쳐간 사람들을 회고해봅시다.

날짜	출입자	만남 목적	특이사항

다정 대출

대가를 바라지 않는 다정함을 선물 받았나요?
여기다 적어두세요! 그리고 그 사람에게 다정이 필요할 때 꼭 갚아주세요.

이름	내용

음주 페이퍼
술 한잔과 함께 아무 말을 적어보세요!

업무 아카이빙

한 달간 어떤 일을 했는지 기록해보세요.
그리고 그 일을 수행하는 과정에서 뭘 배웠는지 써보세요.
딱히 별다른 소득이 없는 것 같아도 쥐어짜보면(!)
업무 이전에는 할 수 없었던 일인데, 할 수 있게 된 일이 하나쯤은 있을 거예요.

업무	배운 점

나를 리뷰하는 법

초판 1쇄 발행 2023년 2월 27일
초판 4쇄 발행 2023년 9월 5일

지은이 김혜원
펴낸이 김선식

경영총괄 김은영
편집인 박경순
유영 편집팀 문해림
마케팅본부장 권장규 **마케팅3팀** 권오권, 배한진
미디어홍보본부장 정명찬
영상디자인파트 송현석, 박장미, 김은지, 이소영
브랜드관리팀 안지혜, 오수미, 문윤정, 이예주
크리에이티브팀 임유나, 박지수, 변승주, 김화정
지식교양팀 이수인, 염아라, 김혜원, 석찬미, 백지은
재무관리팀 하미선, 윤이경, 김재경, 이보람, 임혜정
인사총무팀 강미숙, 김혜진, 지석배, 박예찬, 황종원
제작관리팀 이소현, 최완규, 이지우, 김소영, 김진경, 양지환
물류관리팀 김형기, 김선진, 한유현, 전태환, 전태연, 양문현, 최창우
외부 스태프 디자인 강경신

펴낸곳 다산북스 **출판등록** 2005년 12월 23일 제313-2005-00277호
주소 경기도 파주시 회동길 490
전화번호 02-704-1724
이메일 kspark@dasanimprint.com
홈페이지 www.dasan.group
용지 아이피피 **인쇄** 북토리 **제본** 국일문화사 **코팅 및 후가공** 제이오엘엔피
ISBN 979-11-306-9751-2 03810